[日] 樋口直哉 —— 著
焦阳 —— 译

美味的理由

新星出版社 NEW STAR PRESS

目 录

1 前言

6 日本的美味 ——〈鸡蛋〉茨城县 鱼住农园

第一章 以大豆联结的味道

29 师父和徒弟 ——〈纳豆〉群马县 下仁田纳豆

55 烟囱的味道 ——〈酱油〉群马县 有田屋

75 守护木桶 ——〈酱油〉小豆岛 山六酱油

第二章 高汤——日本人究竟从哪里来?

91 将一千三百年前的味道带到现代 ——〈潮鲣〉西伊豆 Kanesa 鲣鱼干商店

101 从日本到世界 ——〈鲣鱼干〉烧津 新丸正

112 昆布与日本人 ——〈昆布〉福井县 奥井海生堂

第三章　海与日本人

123　在东北吃牡蛎 ——〈牡蛎〉宫城县　奥松岛水产

131　再度出海 ——〈海苔〉宫城县　相泽水产

141　江户派的佃煮 ——〈佃煮〉东京都　远忠食品

第四章　山与畜牧业

153　牛是家人 ——〈短角牛〉岩手县　柿木畜产

161　漂亮就美味 ——〈鸡肉〉宫崎县　黑岩牧场

170　白色奇迹 ——〈牛奶〉岩手县　中洞牧场

第五章　两种调料

185　日本的辣酱油 ——〈辣酱油〉滨松　鸟居食品

199　有蛋黄酱的人生 ——〈蛋黄酱〉埼玉县　七草乡

221　结语

229　后记

前 言

"真分不清日本的鸡蛋。"

我的朋友约翰·延森歪了歪头。那天,我们在餐厅边讨论工作边吃饭。他曾经是丹麦驻日本大使馆的职员,现在正从事向日本介绍丹麦的生活方式等工作,也作为编辑向外国介绍日本文化。当然,他是日本饮食文化爱好者,甚至比一般日本人更了解日本的饮食。

"什么意思呀?"

"每次去超市,都看见很多种鸡蛋摆在一起,让人分不清。比如说有什么森林鸡蛋,但是在院子里养的鸡根本不是在森林里长大的啊。"

延森开玩笑说,因为他在日本吃不到想吃的鸡蛋,所以正考虑养鸡,自给自足。

"在丹麦,包装上的显眼位置会有'笼饲''放养''有机'等标记,日本没有这个规矩,感觉不太好。"

在日本，鸡蛋的规格按照卵重（盒中一个鸡蛋的重量）区分，从 LL 到 SS 为止，分成六个等级。但是在欧盟，需要按照：

0 采用生物动力农法，在野外饲养的鸡的蛋
1 野外饲养的鸡的蛋
2 平地放养的鸡的蛋
3 笼子中集中饲养的鸡的蛋

这些不同的饲养环境来区分。日本的鸡蛋确实令人分不清楚。比如说，有标有"不使用抗生素"的鸡蛋。简直就像是告诉我们其他鸡都用了抗生素，但是在《饲料安全法》中早已明确规定，禁止产卵中的鸡使用抗生素和合成抗菌剂。

"而且，日本的鸡蛋几乎都是鸡笼饲养的鸡产的蛋吧。"

他似乎对这一点最为不满。鸡笼就是指没有产卵的地方、垫料或横木的饲养笼。其实，日本市面上九成的鸡蛋，都是在鸡笼里饲养的鸡生的蛋。

"你见过用鸡笼的养鸡场吗？"

"只在电视上见过……"

"因为感兴趣，所以我想找些地方去参观，但是没有一家搭理我。虽说是为了防止疾病和细菌侵入，但是很奇怪啊。"

鸡笼饲养经常被人们批判。鸡们被关在狭窄的空间，为了避免互相啄伤，喙会被切掉一部分，很多人对此感到不满。在欧美，有许多人讨论保障动物权利的动物福祉，相比之下看看日本的情况，也许就感到不太好了。可是，正是这些企业养鸡场的努力，才使得鸡蛋的价格保持在"物价优等生"的位置，食用也很安全。

"日本的湿度很高，所以从卫生角度出发，有些事情确实没办法。（据说因和野鸟接触而扩散的）禽流感也是一大麻烦……"

要说我为什么站在了为日本的鸡蛋辩护的立场上，是因为据养鸡业从业者说，封闭式鸡舍的空调很有用，它可以保持合适的温度与湿度。要是给鸡施加压力，产卵的效率会降低。

"就算这样也……唉。我前阵子通过电话采访了鸡笼制造厂，日本的鸡笼实在太狭窄了。每一只鸡的活动空间只不过有两张半明信片那么大。在这种地方成长的鸡下的蛋，怎么可能好吃呢？"

怎么可能好吃呢。对我来说，这个意见很新奇。那时什么都不懂的我还以为日本的鸡蛋是世界上最好吃的鸡蛋，因为日本鸡蛋是国产食材安全性的象征。在外国,因为沙门氏菌很危险，所以鸡蛋不能生吃（经过低温杀菌的鸡蛋可以吃）；而日本的鸡蛋以生产环境洁净程度和流通速度作为能否生吃的基准,这不是能轻易做到的事情。

而且,企业的养鸡场像造工业产品一样让鸡生蛋。"无窗鸡舍"这种没有窗子的养鸡场会保持环境阴暗,让鸡以为天要亮了,以此促进产卵。要是在乎这种事情,就不会觉得日本的鸡蛋好吃了。

我第一次在餐厅工作时,看到那里的厨师会一个一个地检查送到后厨的食材。每天送来的各种各样的食材应该如何保存——立刻用还是再放 放,让它更成熟,应该真空保存,还是用保鲜膜包好。为了使用状态刚好的食材,需要在适当的温度和湿度保存,这一点很重要。进一步说,选择食材是做料理的第一步。有时我认识的厨师会让北陆[1]的渔民送鱼、让山梨县的农户送野菜来。与这些食材供应商和运输业从业者建立联系,也是料理不可或缺的要素。

只要询问厨师料理中最重要的是什么,无论谁都会回答"是食材"吧。有一个故事可以告诉你,食材有多重要。这是法国

---

[1] 北陆地区指新潟县、富山县、石井县、福井县(北陆四县)或富山县、石井县、福井县(北陆三县)。(译注,下同)

著名厨师乔尔·卢布松（Joël Robuchon）在日本开演讲学习会的时候发生的事。

那天要做苹果甜点，会场设在位于东京代代木的服部营养专门学校，有来自八个产地的苹果摆在一起。卢布松走进会场，做的第一件事就是把苹果切成一毫米厚的薄片，撒上砂糖后放进烤箱烤。之后将生苹果与烤过的苹果相比较，选出两种候补品种。最后再进行一次同样的测试，选择使用哪种苹果。

料理的技术不会超越食材。当然，不能保证自己体验到的"好吃"和其他人一样。但是，例如说，好吃的鸡蛋究竟是什么味道？最近流行味道浓厚的鸡蛋，可我不断试吃这种鸡蛋的时候，却发现它的后味会越来越重。"好吃"这件事并不简单。我先讲一下我心目中真正好吃的鸡蛋的故事吧。我在石冈市的鱼住农园遇到了它。

日本的美味

〈鸡蛋〉茨城县 鱼住农园

鸡蛋与水和空气一样,我们在日常生活中不会特别留意,但是它是必不可少的食物。它实在是太常见了,平时几乎没有机会去思考它是否美味。

从石冈站出发,开车约二十分钟就可以到达位于筑波山东侧的八乡地区。这里是充满水田、旱田和杂树林的里山[1]。身处这样的风景中,时间缓缓流逝,却怎么也看不厌。

沿着农村特有的荒无人烟的小路前进,可以看到写着"鱼住农园"的小看板。以此为标记,沿着坡道爬上去,就可以看到水田和旱田沿着斜坡向远方伸展。最终就到达鸡舍和主楼了。

我在2009年第一次来这家农园。自那时起每次来访都能学到农业知识,还能收到多余的蔬菜和鸡蛋。打开农园寄来的包裹,可以闻到里面充满泥土的清香。这里栽培的每一种蔬菜,

---
1 里山指由住家、聚落、耕地、池塘、溪流与山丘等混合而成的地景。

味道都很浓郁，一度让我误以为自己的料理水平提高了。

农园主是鱼住道郎先生，他在日本的有机农业界是名人。他头发花白，戴着眼镜，看上去有些像老师。鱼住农园是由他和妻子美智子女士、儿子昌孝和儿媳文一起经营的家族农园。在空气寒冷的3月，我向他们请教了与鸡蛋相关的问题，并再次询问了鱼住为什么选择将农业作为此生的事业。

"我从小喜欢做饭，但是当时考虑长大后学工学。"鱼住对我说。他生于1950年，并非出身农户。"可是随着经济高速成长期[1]的到来，到处都有些扭曲的变化，我在上高中时思考前途，开始为'有没有其他选择'感到烦恼。"

鱼住没有选择工学，他选择了农业，并且在1970年进入了东京农业大学。当时他的梦想是成为帮助发展中国家解决饥饿贫困问题的一把手。

"可是现实并不容易。日本农业技术的前提是使用农药。使用化学肥料，然后将培育这个品种的方法带到其他国家，这不一定适合当地人。这会让环境恶化，引起健康问题，反而破坏

---

[1] 二战后日本经济飞速发展的时期，约为1955—1973年，其间日本经济年平均增长率达到10%，国民生产总值跃居世界第二位，被称为"日本奇迹"。

当地原本的食品生产体系和农村生活。"

鱼住在那时看到"母乳中检测出DDT"的新闻，意识到这不是正确的援助方式。

DDT是日本曾经使用过的有机氯化合物杀虫剂。二战后，日本的卫生环境很差，那时美军将它带来日本，作为灭虱防疫等的对策广泛应用。但是在1962年，雷切尔·卡森（Rachel Louise Carson）出版了《寂静的春天》（Silent Spring），这本书使得生物浓缩[1]的危害公之于众，DDT最终被禁止使用。

有必要提一下《寂静的春天》的功过。这部作品作为环境运动的先驱起到了极大作用，但是并没有证明存在人类患癌症的风险和生态危机。而且在斯里兰卡等地禁止使用DDT后，疟疾的肆虐使得很多人丧失性命。后来在2006年，世界卫生组织同意在疟疾传播风险高于DDT使用风险的时候使用它。排除一个风险之后却产生了新的风险。我们只能一边学习着这样的经验，一边前进。

在学校我们学到过，二十世纪六十年代的日本处于环境污

---

[1] 生物浓缩又称生物富集，是指生物有机体或处于同一营养级上的许多生物种群，从周围环境中蓄积某种元素或难分解化合物，使生物有机体内该物质的浓度超过环境中该物质浓度的现象。

染的时代。从在那之前几年暴发的水俣病[1],到四日市哮喘[2],再到第二水俣病[3],问题接连出现。还有森永牛奶砷中毒事件[4]和米糠油中毒事件[5]这些食品安全事故,导致对食品的不安情绪在社会上蔓延开来。

"我正困惑继续发展现代农业到底对不对时,遇到了一本书。"

这本书是研究印度农业,并且将有机农业体系化的艾尔伯特·霍华德[6]所撰写的《农业圣典》(*An Agricultural Testament*)。霍华德在解开连作障碍(连续耕种同一作物导致

---

[1] 1956年发生在熊本县水俣湾,原因是有机汞导致的水污染。
[2] 1960—1972年发生在三重县四日市,原因是硫氧化物导致的大气污染。
[3] 1964年发生在新潟县阿贺野川流域,原因与熊本县水俣病相同。以上三个事件属于"日本四大污染病"。此外还有痛痛病,1910—1975年多见于富山县神通川流域,原因是镉造成的水质污染。
[4] 1953年,森永乳业在全国的工厂引进磷酸一氢钠作为防止乳制品凝固的食品添加剂。虽然在试验阶段使用了高纯度的添加剂,但实际引进工厂时则使用了纯度较低、较便宜的工业添加剂。1955年,森永位于德岛县的工厂生产的罐装奶粉,使用了包含大量砷的磷酸一氢钠,导致约13000名婴幼儿食物中毒,130名婴幼儿死亡。
[5] 1968年,位于日本福冈县北九州市小仓北区的Kanemi仓库股份有限公司在生产食用米糠油时因管道布局有误,导致多氯联苯混入,使得食用者出现氯痤疮、手脚麻木、指甲与皮肤变色、神经系统病变等身体异常。
[6] 艾尔伯特·霍华德(Albert Howard, 1873—1947),英国植物学家,有机农业运动早期代表人物之一。

减产的问题）之谜时，注意到了东亚的堆肥技术，然后将其以现代科学手段分析整理。他认为，为了保持农业生产系统可持续发展，维持土壤供应作物营养的能力最为重要。

"霍华德的想法的精妙之处在于融合了哲学和科学。那时我们舍弃了传统农业，相信学习欧美才是进步的、使我们走向现代化的做法。但是霍华德在书中说并不是这样。他明确地说，东亚文明没必要学习欧美。"

鱼住从大学毕业后开始在位于八乡的共同农场工作。六年后，也就是1980年，他搬到了现在的地方，拥有了自己的农园。不过，当时这片土地上尽是枯萎的松树，而且土壤贫瘠，是水土流失严重的荒地。鱼住先买了一台二手推土机，开始开荒。他挖了井、造了田，利用废弃材料盖房。简直就像明治时代的北海道拓荒者。

他的第一个目标是进行有机农业和畜牧业结合的混合农业。当时他虽然也养牛，但是牛的饲料效率低下，如果用牛粪堆肥又会导致含氮量过高并且很难使用。所以他最后决定只养鸡。

"咱们先看看旱田吧。"

我被带到几块旱田中的一块。路上还留着些前几天下的雪，一望无际的田野上停着一辆红色的拖拉机。

我走进田地的时候发现土质十分柔软，走路时身体简直要陷进去。土地里的卷心菜正在等待收获，最外面的叶片上有些被虫子咬过的痕迹，十字花科的植物容易招菜青虫，所以卷心菜不是容易进行无农药栽培的作物。

可是鱼住说，并不是因为它是有机农业作物所以才任其被虫咬。确实，卷心菜的球状部分几乎没有啃咬的痕迹。

有机农业经常被解说成"不使用农药和化学肥料的农业"。事实上，能够获得"有机蔬菜"的"有机JAS[1]"资格认证，并在生产时遵循这个标准，就可以称为有机农业。鱼住身为日本有机农业研究会的副理事，曾经参与JAS标准的制定，却没有为自己的农田取得认证。这是因为他的作物不会在市场上流通，所以没有必要。

"并不是取得'有机JAS'就是好事，也不是让有机农业流行、让市面上出现大量带认证标志的商品就好。这不过是为了让蔬菜参与全球经济的一种手段，是价格竞争那样的谬误的重现。"

鱼住心目中有机农业的本质并不是"不使用农药和化学肥料"。有机农业的目的是以田地为中心、使得生态系统丰富起来，

---

[1] Japanese Agricultural Standard，日本农林产品基准，分为一般JAS、有机JAS、特定JAS等类别。

通过生物之间的相互作用抑制病虫害的发生，让蔬菜健康成长，以此实现可持续农业。如果生态系统健全，就不会让某种特定生物异常地大量出现。以卷心菜为例，在菜青虫啃食叶片的时候，卷心菜会与虫子的唾液产生反应，在空气中散发出引诱寄生蜂的化合物。所以菜青虫会在还是蛹的时候被寄生蜂吃掉。卷心菜自己发出信号求救，防止害虫增加。

"有菜青虫的外叶会被用来喂鸡。鸡特别喜欢吃虫子。"

在田里收获卷心菜后，我去参观温室。温室全部被用于育苗。植物的发芽适温是15℃—30℃。现代农业中常使用电加热线等器材，依靠电力提升温度，但是有机农业会使用"发酵沟技术"。发酵沟技术使用秸秆、麻栎或枹栎的落叶、米糠、从山里采集的落叶，将它们和水分一起填满沟内，通过微生物的作用在两周到四周内保持发酵热。在育苗完成后，它可以直接成为营养丰富的腐叶土。腐叶土既可以用来当苗床，也可以用作旱田里的土。

"如果填的发酵物太松散，发酵会太快，只会在短时间内产生高温的发酵热。但是太紧实的话又会使得乳酸菌之类的厌氧菌繁殖，不会增温。所以要适当调节水和空气，先人的智慧真厉害。"

如果用手捏捏腐叶土，会闻到像咖啡一样的香味。

"需要腐叶土的时候可以在大卖场买到,但是我的土不是用钱就能买到的东西。"

为什么这种腐叶土有钱也买不到?因为这是和朋友们一起做的土。

"只靠一家人没法捡足够的落叶。所以我每年召集一次顾客当帮手,一起在附近的山里捡落叶。白天我和大家一起吃带来的饭团,还有用农园生产的蔬菜做的菜;晚上召开'检查会',其实就是一起喝一场。"

鱼住说着说着笑了。顾客们平时在大城市里工作,他们通过吹吹山风、和土地亲密接触得到放松。而且召集他们参加劳动,会让他们意识到农园是大家自有的,这也是目的之一。

"作为生产者为自己的亲友生产食物,有这种感觉的人会很幸福吧。"

传统的发酵沟技术随着现代农业的普及,渐渐从农田中消失。山上种植了不少针叶树,使得落叶更难收集。在日本,无人看管的山林现在成了一大问题,但造成这种局面的原因之一就是人们无法接触山林。如果人们像这样在山里捡落叶、割杂草,山上的树木就会健康成长。

此外,落叶制作的腐叶土的成分会从田地流进水道,然后通过河流汇入大海。农业对渔业也有极大影响。其实问题已经产生了——河流上游山林间的人口减少导致水田消失,使得九州的有明海和濑户内海的海苔难以发育。

"据北海道大学的名誉教授松永胜彦(现为四日市大学特任教授)和其他人的研究,腐叶土中含有的腐殖酸铁会流入河流,让海洋的营养更丰富。经营农业要靠山、村子和大海间的紧密联系。"

日本的食物全部在有机的关联中成长。农业可以形成景观,它的衰退也会影响旅游业吧。我只不过拜访了一家农园,就有了各种各样的思索。如果我只作为厨师做菜,或者只在房间里写文章,就会发现在实际生产环境中有数不胜数的事情搞不懂。

主屋外有由一个个木质小平房连接在一起构成的长条屋子,这就是鸡舍。为了避免和野鸟接触,所以不会放鸡外出,这里的饲养方式接近之前介绍过的"平地放养"。

一直以来,鸡舍被特意设计为从屋顶进光的结构,而且有网覆盖的窗子很大,还可以通风。一个房间里有四十到六十只鸡,地上覆盖着腐叶土,鸡们在上面走来走去。

"没有异味吧?"

确实,这地方虽说是鸡舍,居然有股香味。鸡的品种主要是原产于荷兰的"Nera",也有"冈崎横斑"这种国产的品种。

"日本的鸡确实好,但是更接近原种鸡的Nera下的蛋更多。"

屋子的一端是地上铺着稻壳、盖着盖子的产卵所,雌鸡们会在这里下蛋,这利用了鸡喜欢在隐蔽处产卵的习性。最靠前的房子用来培育小鸡,它们长大之前会一直靠被炉防寒。我在脑海中想象用被炉取暖的小鸡,真有趣。如果鸡习惯在地面上睡觉,就会成为胆小的鸡,所以在雏鸡阶段要锻炼它们在树上休息。给小鸡们喂的饲料是玄米、禾本科的硬草和腐叶土。鱼住说,腐叶土里有独角仙的幼虫等,小鸡吃了它可以自然地获得免疫力,健康成长。

一般来说,鸡蛋好不好吃取决于饲料。

二十世纪六十年代到七十年代有位法国厨师来日本,他说"日本的鸡蛋有股鱼腥味",因此根本不能用。这是因为那时的鸡饲料是杀鱼时剩下的下水。

比起那个时候,现在的鸡蛋好吃多了。但是现在的鸡饲料主要是进口的玉米和大豆粕,如果再加入动物性蛋白质,就会让鸡蛋的味道更浓厚。蛋黄的颜色也会因为饲料产生变化。如果给饲料加入类胡萝卜素(红辣椒和番茄含有的色素)或者虾青素(鲑鱼和虾的红色色素),蛋黄的颜色就会变深。蛋黄的颜色其实和味道没什么关系，但是消费者喜欢深色蛋黄，所以养鸡者在这方面也花了番心思。

我们一起看看鱼住农园的鸡吃什么吧。在这里，鸡饲料的主料不是玉米，而是大米。

"有人认为鸡不吃玉米就产不出好吃的蛋，我把饲料全部换成国产饲料的时候也有些不安，但是鸡长得很好，而且鸡蛋味道也不错。饲料首先是酒糟，也就是米粉。然后是小麦和米糠，还有鲑鱼粉。小鱼做成的鱼粉含有的脂肪，容易氧化变味，会添加防氧化剂，所以我们不用。"

用天然鲑鱼干燥做的鱼粉发出类似鲣鱼片的香味。鲑鱼来自住在新潟县村上市的渔民，鱼住靠物物交换得到鲑鱼。也就是渔民为鱼住送鱼，鱼住为他们寄蔬菜。

"接下来为了让鸡蛋壳变硬，要在饲料里添加牡蛎壳、大豆和盐做的酱油渣，还有附近的牧场在做奶酪时废弃的乳清。"

牡蛎壳等甲壳类提供钙，大豆做的酱油渣和乳清提供蛋白质。也许大家不熟悉乳清，它其实就是漂在酸奶上的那层透明液体，营养十分丰富。鱼住将所有材料放在木箱里混合，微微发酵后，它们会变得更容易被消化。当然，所有的材料都是国产。

"发酵会产生香味，可以促进鸡的食欲。这是基本的饲料，我们还会再添加绿饲料（蔬菜）。据说大型养鸡场会把鸡喙切掉一部分，这绝对不行，鸡会没法啄食。我们会给鸡喂大块的芜菁和白萝卜这些硬蔬菜，因为它们的喙还在，所以才能吃下去。"

给屋子里的鸡们喂蔬菜，鸡们立刻聚集在一起开始猛啄，萝卜渐渐变得满是孔洞。我完全理解了喙的重要性。从人的角度来看鸡饲料，它是以白米饭为主，再加上鲑鱼、蔬菜和酱油的日式套餐，而且原材料都是国产的，真丰盛啊。如果只给鸡喂米会导致蛋黄发白，喂蔬菜则会让植物中的黄色色素把蛋黄颜色变深。

蔬菜通过光合作用将阳光变成能量，黄色色素负责保卫光合作用不受强烈的紫外线影响。蔬菜积攒太阳光，鸡吃蔬菜来成长。蛋一直是生命的象征，因为它可以展现生物之间的相互关联。对此，美食作家哈罗德·马基（Harold McGee）说过，如果要将太阳光塑造成生命的形状，就会是蛋状。

"小屋里没有臭味，是因为我们给鸡喂蔬菜。就像人类一样，吃蔬菜会减少粪便的臭味。另外，为了获取矿物质，要为它们提供用落叶等发酵的腐叶土。关键在于要靠能够自然分解的东西饲养。就算鸡排便了，它也会在运动时将排泄物和土混合在一起，这样就可以立刻发酵、自然分解。"

小屋地上的腐叶土会变成优质的堆肥回到田里。在这里，鸡也是制作土壤的员工。

"有没有什么对抗沙门氏菌的方法？"

鱼住听到这个问题之后摇了摇头。

"我只是擦擦鸡蛋，没有用疫苗，因为我们是在屋子里养鸡。不过，也不能说绝对没有老鼠。我平时会抽查，还从来没有查出沙门氏菌。"

其实鱼住农园已经以这种方式养了二十多年鸡，从没出过问题。听到这番话，我开始思考安全问题。在日本养鸡，某种意义上就是和沙门氏菌战斗。对人类来说，沙门氏菌是食物中毒的原因；对母鸡来说，感染的蛋孵出来的雏鸡会死亡。

为了保持鸡蛋稳定生产，要将鸡与污染隔离。必须防止它们接触老鼠等外来的威胁，所以日本从美国引进了笼饲养鸡法。在爱知县农事试验场（现农业综合试验场）畜产部研究养鸡的高桥广治通过推广这种方法，使得鸡蛋可以稳定生产，并且保证安全。

某种角度来说，鸡蛋支撑了经济高速成长期的日本。

象征经济发展的大阪世博会召开的前一年，也就是1969年，曾努力引入笼饲法的高桥广治发表名为《"青空养鸡"的目的和好处·60年养鸡研究的最终结论》的论文，提出"青空养鸡"养鸡法。

高桥明白，鸡这种动物非常需要阳光和新鲜空气，"如果保护鸡就会让它变得软弱，使生产性丧失"，所以过去的室内养鸡场"可能是疾病的温床，而且生产力极低"，会渐渐地自我消亡。在日本普及笼饲的功臣在晚年却否定从美国引入的现代养鸡法，这件事情引人深思。

高桥认为，"日本有日本的气候和风土。我相信肯定有其他值得选择的方法，所以一定要提出这个问题并解决"。但是他的想法没有被广泛接受，日本的绝大多数养鸡场仍然使用笼饲，饲料也主要是进口的玉米。

我拿起小屋深处刚被产下的鸡蛋。蛋还温热，每一个的形状、壳的硬度都不一样。大一些的鸡下的蛋很大，小一些的鸡的蛋又小又硬。鸡蛋的温度停留在我的手中，这令平时只在超市买盒装鸡蛋的我突然再次意识到，人类必须靠剥夺其他生命才能活下去。

"来参观的孩子们捡起蛋的时候，总会激动地说真暖和呢！"

回到主屋，鱼住先生的妻子美智子刚做好午饭，有刚出锅的米饭、味噌汤和主要由蔬菜组成的家常菜——混着柑橘的凉拌卷心菜上放着加糖的酱油炒牛蒡丝、煮熟并浸在高汤里的小松菜（因为茎太粗，所以市面上一般不卖）和烤鱼。鱼住先生请我吃的这顿午餐，饭菜全部很好吃，那味道不仅满足了我的舌头，更满足了我的心灵。饭菜里用的酱油也是将自家农园种的大豆交给酱油酿造厂做的。

将刚产出的鸡蛋打破，就看到蛋黄微黄的色泽。我将生鸡蛋和米饭拌在一起吃，味道十分清爽，完全不会黏喉咙。

"我听说没切喙的鸡会在一起打架、互相啄羽毛……"

"啊，我也听说过。但是我家的鸡从不打架，也许是因为里面有公鸡吧。"

"公鸡？"

"小屋里有几只体型很大的鸡，它们就是公鸡。"

"公鸡平时没什么用，但要是没有它，母鸡就会变得焦躁不安。"站在厨房的美智子告诉我，"好久以前的故事了，如果把鸡放在野外，只要公鸡有一个晚上不在，母鸡就会被野鸟欺负。公鸡可能会保护母鸡吧。"

"有很多养鸡的人认为公鸡打鸣很吵，而且耗费饲料，所以不愿意养，但是公鸡有用啊。不过公鸡太多的话会引发争斗，所以少养一些比较好。"

如果团体内部有固定的等级差异就不会引发争斗。这可能和人类社会很像。

"就算这样养鸡，也没法变成买卖。所以我家把鸡蛋当成副产品，养鸡也只是栽培蔬菜的循环的一个环节。也许为了盈利选择用玉米饲养、用农药和化学肥料培育单一品种作物才是正道，但是那样会引发环境问题和各种害处。"鱼住说。

美智子听到这番话笑了："我们寄出去的包裹里如果有鸡蛋，顾客会很开心呢。而且就算冰箱里什么都没有，只要有蔬菜和鸡蛋就能做出不错的饭，对吧？"

不能只从鱼住农园买鸡蛋，因为他们和其他的农园一样采用了直销法。

"前阵子，英国BBC的人来采访，要拍摄'全球变暖对农业的影响'，那位记者也知道'直销法'，而且很有兴趣呢。他似乎接受了日本的观念。"

直销法不适用于市场经济控制下的单一耕作农业，它是寻找适合多品种、少量栽培的有机农业发展方式时得出的结论，可以将生产者和消费者直接联系在一起。

"直销可以让消费者拥有自己的农园。大家平时住在城市里，偶尔来农园看看，接触接触农村环境，挺好的吧？"

农作物不会进入市场，而是由生产者直接寄给消费者。所以生产者可以获得稳定的收入，消费者可以帮商家做农活。也许有人会认为直销是旧观念，带着有机农业思想的偏激感，初期的有机农业也确实有反现代主义的目的。

但是鱼住强调："我没有反对现代化和经济化。农业需要使用机械，为消费者寄送蔬菜也需要物流业的卡车。我只是想，这可能是一个让大家的生活更丰富的方法。"

鱼住有一辆烧汽油的大型拖拉机，农园比其他有机农户更有效率。日本的有机农业从思想运动转变成了一门生计。

农园寄出当季的作物，每一种的味道都十分浓郁。春天的蔬菜有些苦，夏天的蔬菜有阳光的香味，秋天的蔬菜圆润饱满，冬天的蔬菜有忍受寒冷而孕育的甘甜。我吃着这样的蔬菜，感到反抗季节真是没有意义。现在通过技术改革，可以在冬天种植番茄，但是味道远远比不上夏天中的某几天成熟的番茄。

很难定义什么才是美味。但是，美味确实存在。真正好吃的食物的味道就算消失在舌尖，也会像读了一本好书一样，余韵长留心中。

我回去的时候心想，好吃的鸡蛋的味道应该就是这样。

吃国产米、鱼和蔬菜成长起来的鸡，产出了有透明感的美味鸡蛋，知道它的味道之后，就会觉得吃玉米长大的鸡下的蛋的浓厚味道不自然。近年，日本各地的饲料开始国产化，这是一个好的倾向。例如，也是饲料生产商的昭和鸡蛋公司推出了"和之水滴"鸡蛋，饲料的原材料是国产玄米、野生稻、北海道产的土豆，100%自给自足。用米当饲料十分正常，而且造成的环境负荷比玉米更小。

依据国家政策，有时饲料米的价格比玉米更便宜，这使得各地开始尝试以米作为鸡的主要饲料。如果想吃好吃的鸡蛋，可以找一找附近有没有这样做的养鸡场。

我从几年前开始探访各类食物生产的现场，先是拜访农田，然后开始采访食品生产商等，渐渐扩大范围。2012年年末开始为Diamond公司运营的Diamond Online网站撰写"日本食物遗产探访"专栏。

对我来说，我希望可以更了解日本。曾有新闻说和食将成为联合国非物质文化遗产，那时我出于工作需要，刚好开始学习日本料理。但我很快就发现，"自己对日本居然一无所知"。

如果外国人问我和日本食物有关的问题，我能正确回答吗？鲣鱼干（鲣节）分为"荒节"和"本枯节"两类，我知道它们的区别和做法吗？

就算只是酱油，也有许多种类，而且有我不知道的历史。我想好好学习日本的食物，为了知道美味的理由，必须自己去实地探访，用自己的舌头品尝。幸好我在拜访的地方遇到了许多有志向的工匠和生产者。

如果去拜访有志向的食品生产商，问"这种食物为什么好吃"，对方会开始解释为什么好吃以及生产背景。作为厨师，我得知他们对素材的坚持之后常常躬身自省；作为小说家，我又为他们的人生故事而心动。

通过拜访产地，我多次刷新了自己的认知。比如，培育得很好的作物其实颜色都不深。还有，我一直以为"今早收获的莴苣"就像名字说的那样越新鲜越好吃，其实放一个晚上才会让苦味消失，甜味更突出。

有些蔬菜只能在产地吃到。超市卖的菠菜一般长约25厘米，但是长得茂盛的菠菜能够达到40厘米，它的味道虽然好得不一般，但是因为不方便运输，所以一般买不到。还有白菜菜花的味道也令我惊讶。白菜属于十字花科，如果一直放着就会抽薹、开花。将花蕾煮着吃，会发现它十分柔软，有颜料晕开的画作般悠长的余韵和春天的青涩味道，非常好吃。

就算是同一种蔬菜，因为品种不同也会产生极大差异。我曾经谨遵菜谱，写着芜菁就用芜菁，对于品种差异顶多知道土豆有"男爵"和"May Queen"，番茄有"桃太郎"和"一号"。我本以为水菜是在冬天用来做沙拉或在锅里煮的蔬菜，觉得它不好吃，像水一样没有味道，而且咬的时候满是纤维感。

某次我去一块田里，看到了长得低矮、蓬松的水菜。据说品种是当地的"晚生水菜"，和超市里的早生品种不一样。我试着吃了一点，它的味道十分浓郁，而且纤维感不强。我这时才意识到，我一直以来都小看蔬菜了。

当地品种又被称为"固定品种"，由当地的农户保存至今。它源于人类从公元前便开始从事的农业——一代代农民保存收获的种子，在下一年播种。

到二十世纪五十年代为止，日本全国各地都还广泛栽种各类自古传下来的蔬菜。但是到了六十年代，杂交一代品种（F1）出现了。F1品种的形状和生长周期都很稳定，适合收纳在纸板箱里，所以它得到快速普及。现在栽种某些当地品种的农户只剩几家了，那些品种面临着灭绝的危险。

我这么说，也许会显得本地品种更好，杂交一代是以经济效益为优先的坏品种。其实并不是这样，杂交一代里有为了耐保存而产出的口感生硬、味道寡淡的品种，也有为了味道而杂交出的品种。我只是想强调本地蔬菜还有味道之外的价值。

山形大学名誉教授青叶高发现了本地蔬菜的价值，他在著作《蔬菜：本地品种的系谱》中写道：

> 就算只是一粒麦子、一棵芜菁，其中也蕴含着从诞生到现在为止数千年的历史。特别是本地品种这类自古传承的农作物，表现它的状态的基因包含着它的祖先、祖先经历的传播路线、土地环境的影响，还有与人类的关系，基因将这些保存下来并流传至今。

本地蔬菜美味的理由是基因中包含着的祖先的历史。美味就是农园守护的土地和蔬菜基因，再加上生产者的栽培技术产生的结果。味道会在一瞬间消失，但是回忆会永存，味道会告诉我们"我们从哪里来"。日本人认为刚出锅的白米饭加上纳豆、配上味噌汤就十分美味，这只是因为日本人继承了这份味道。

我在采访中渐渐明白了，是文化、历史、环境、技术等各种要素混杂在一起，制作出了日本之味。这本书就是想通过守护这些味道的人们，讲述优质食材及其支持者的故事，寻找日本的美味的理由。

※ 本书的采访时间为 2010 年至 2016 年。

大豆が繋いでいく味

第一章
以大豆联结的味道

师父和徒弟

〈纳豆〉群马县 下仁田纳豆

开车从上信越高速公路的下仁田出口出来,沿着254号国道开一阵,很快就能到达下仁田纳豆的工厂。公司和工厂在一起,它的道路的另一侧是丘陵,那里有一片巨大的紫阳花园。每年6月中旬到7月初会有各种颜色的鲜花盛开,但是我在年末来到这里,山丘的风景有些凄清。

下仁田町除了有名的葱和魔芋之外什么都没有。这么想的无知群众可能不止我一个,就连下仁田町在2015年制作的"人与町的风景"宣传片里也说"什么都没有"。

也许有人会问,为什么要到这种公认什么都没有的地方来呀,水户的纳豆不是很好吗?但是吃一次下仁田纳豆,就会明白我来到这里的理由。它的产品包装是薄木片包成的三角,需要打开包装将纳豆拿出来,放进器皿,再用筷子搅拌。在丝被充分搅出来之后加酱油继续搅拌。一边调整味道一边加入葱姜蒜，咬一口，就会为它的浓郁大豆香味感到震惊。如果和热腾腾的米饭一起吃，就更令人满足了。

走进下仁田纳豆公司的建筑，首先可以看到贩卖区。小小的冷柜里摆着各种纳豆。其实我对纳豆一点都不熟悉，因为饭店平时根本不会用纳豆。

简单来说，日本料理可以分成两个世界，"家庭料理"的世界和"餐厅料理"的世界。日常与非日常、晴与亵[1]，这两种区别不分上下，结合在一起后形成了一种饮食文化。

家庭和餐厅的料理中，即便名字都是"酱油渍菠菜"，做法也不一样。家庭做法会将菠菜焯水，然后放上木鱼花、滴些酱油。但是在料理店，厨师会将菠菜煮熟、除去异味，然后加上高汤、酱油和味醂浸泡。厨师用高汤补足煮菠菜时流失的味道，让它变成可以随时取用的小菜。不能比较这两种做法哪种更好吃（我自己喜欢前者），而要比较思维的差异。

这可能不只是和饮食文化相关的话题。二战前，布鲁诺·陶特[2]曾经以"将军兴趣"和"天皇兴趣"为切入点分析日光东照

---

[1] 民俗学概念，由柳田国男提出，"晴"为宗教仪式、祭典和节日等"非日常"，"亵"为平时的"日常"。与涂尔干提出的"神圣亵渎二分法"相近。
[2] 布鲁诺·尤里乌斯·弗洛里安·陶特（Bruno Julius Florian Taut），简称布鲁诺·陶特，是一位活跃于魏玛时期德国的建筑师、城市规划师及作家。

宫和桂离宫，正如他所说，日本文化的特征就是同时存在两种极端。如果只了解其中一种，就不可能理解它。我希望更了解作为家庭料理代表食材之一的纳豆，所以拜访了下仁田纳豆工厂。

日本的饮食文化原型形成于江户时代。城市以米为中心的饮食文化不断发展，使得用昆布和柴鱼干制作的高汤与酱油等食材成为日本料理的根基，并由此确立了料理方法。

纳豆在那时是很有人气的大众食品。有一个流传许久的词叫"畦豆"，指的就是过去在稻田埂上种大豆的习惯，据说这么做能让稻子长得更好。植物生长需要氮、磷、钾这三大营养素，大豆的根可以将空气中的氮转移到土壤里。在没有化学肥料的时代，人们就算不知道化学原理，也可以活用植物的特性。

到了秋天，大豆就会被加工成味噌、酱油、豆腐和纳豆等。纳豆的起源诸说纷纭，没有定论。但总之，它就是将米的副产品秸秆和煮豆子混在一起，在合适的温度和湿度条件下偶然得到的食物。

日本最早的烹饪书《料理物语》（1643年）中提到了纳豆汤的做法。在记录江户后期生活的资料《守贞谩稿》中有如下记载：

卖纳豆：将大豆煮熟，在房间里放一夜，之后出售。过去只在冬天卖，今年在夏天也有人走街串巷贩卖。用它煮汤或者加酱油使用。(《近世风俗志（一）（守贞谩稿）》，岩波文库，喜田川守贞著)

纳豆本是冬天的食物，但是随着时代发展，其他季节也可以买到了。到了明治时期草秆纳豆得到普及，在大正时期则出现了用薄木片或者竹子皮包裹贩卖的纳豆。经历江户时代、再从二战前到战后，餐桌上不变的光景就是和米饭混在一起的纳豆。此时纳豆业界终于出现了塑料包装，为了适应"三人家庭"，商家一般将三小盒纳豆绑成一大包出售，纳豆也体现了日本人生活的变化。

为了解纳豆的制作工艺、味道的秘密，我在贩卖区一角的访客区采访了南都隆道社长。

"纳豆屋原本是我父亲开的。我从小就会在一大清早出门，到街上叫卖：'纳豆——纳豆——'"

世上有非常好吃的纳豆，也有不好吃的纳豆。这其中味道的差异究竟产生在哪里？"最大的区别在于原材料。大豆必须是国产的，从这里到北海道，我和来自许多产地的农户签约，使用上好的原材料。我们的纳豆的另一大特征在于用薄木片制作包装。"

纳豆的容器随着时代变化而变化。秸秆纳豆消失的原因是在1953年3月，发生了一起由纳豆引起的食物中毒事件。在千叶县，纳豆生产商使用了被老鼠的粪尿污染、没有经过充分消毒的秸秆，使得很多人受害，甚至有三个人不幸丧生。从此秸秆制作的纳豆就渐渐退出了市场，现在仍在使用秸秆制作纳豆的有栃木县的福田和北海道的道南平塚食品等，但是他们毫无疑问是极少数派。

代替秸秆被广泛使用的是薄木片。人们发现宛如纸一般薄的木片可以包住豆子，做出味道清淡的纳豆，这个做法被迅速推广。但是人们使用薄木片的时间并不长，因为塑料容器和保鲜膜开始流行。

"群马县本来是薄木片的一大产地。榛名山北边生长着赤松，用它做的薄木片能制作盛放章鱼烧的小船和包装材料，占据了全国百分之九十的市场。我认为用薄木片的好处不是一石二鸟，是'一石五鸟'。"

南都侃侃而谈："第一，木头的成分可以让豆子的香味更浓厚；第二，它有天然的抗菌作用；第三，它可以调节湿度；第四，它本身具有独特的香味；第五，它燃烧之后不会产生有害物质。我们公司的目标就是将过去的优良传统保留，让日本的餐桌变得更好。如果严格遵守林业规则进行抚育间伐，再加上严格的管理，甚至可以守护榛名山。"

前文提到，森林流出的腐殖酸铁是大海与山之间的循环的象征，林业和食物问题有直接联系。东京大学东洋文化研究所的佐藤仁教授说，日本的森林是被放弃的资源。

日本文化中有一个要素是"与树木共同发展"。比如说，日本建筑是木造技术的集大成，饭勺和菜板都是活用木材特性支撑食文化的器具。但是，日本在经济高速成长期时开始使用进口木材作为建筑材料，饭勺和菜板都被塑料制品取代。此时出现了从木材到石油的转变。

这并非因为森林资源减少。日本的国土约有七成被森林覆盖，森林率（森林面积占国土面积的百分比）处于世界第三位。森林蓄积量在过去四十年中增加了2.3倍，应当积极使用的人工林增加了5倍。也就是说，日本的森林资源量在逐年增加。

直到二十世纪五十年代初，日本的木材自给率都接近

100%，七十年代降至45%，九十年代是28%，现在则是20%左右。日本森林覆盖率如此之高，极端地说，是市场竞争失败使森林被"剩"了下来。(《"国家没有"的资源论》，东京大学出版会，佐藤仁著）

现在这些被无视、被抛弃的森林成了花粉症和泥石流灾害的罪魁祸首。如果不适当疏林，太阳光就不会照到地面，从而导致树木无法生长。为了让森林健康地保存下来，要疏林、砍伐老朽的树木，还要为了未来种植新树，但是在经济原理的面前，这样的想法无法顺利实现。

"装纳豆的容器变成了发泡塑料，从此它进入了食品工业的世界，被卷入了价格竞争。我继承祖业的时候已经开始用薄木片了，但这么做的人越来越少；沿用过去的制作方法在发酵室制作纳豆的商家也少了。我们现在仍然用水壶和烤炉，在炭火上加热水分，制造出桑拿一样的蒸汽来发酵。这么做比起用耗电的空调更容易保持湿度，可以让发酵顺利进行。"

我参观了纳豆的制作过程。进入工厂要换上白衣和长靴，头上戴着网兜，走过消毒室。对于使用纳豆菌的工厂来说，清洁是最必要、重要的条件，干净的环境才能做出没有杂味的味道。

仓库里堆着送来的大豆。也许是理所当然吧，这里没有堆着空袋子之类的垃圾。虽然不像丰田公司那样要求一个垃圾都没有，但是可以看出这里对于仓库管理有要求。

"大豆的油脂很容易氧化。我们尽量不囤货，只购买需要用的部分。还有为了防止氧化，制作碎纳豆时我们也会用自己的碎大豆机，在制作前才粉碎。"

虽然我也是刚知道这件事情，但是希望大家在超市买碎纳豆的时候看看原材料成分表。如果工厂进的货是已经碎好的大豆，就会写"碎大豆"；如果是自己用原材料粉碎就会写"大豆"。不用说，当然是刚碎好的更好吃。

我在做菜的时候从没想过大豆的新鲜程度问题。虽然美国产的大豆中也有适合做纳豆的品种，并且被开发、进口，但是考虑到鲜度，果然还是国产的好。进厂的大豆会被挑选、洗净，之后抛光。然而，像大米一样，分拣、抛光的工程太耗成本和时间，因此有不少工厂会省略这一步。

下一步是用压力锅煮泡好的大豆。这里使用的压力锅是电子控制的最新型压力锅，通过控制时间和温度，可以除去大豆的涩味和杂质。

"过去人们用铁制的大锅煮纳豆，为了做得更好吃，我们导入了最新技术，但是仍然使用传统的发酵方法。虽然有人认为要完全遵循传统，但我认为其实将传统方法和最新技术结合在一起，才能让食物更好吃。"

将大豆煮到不能再软的程度之后，将它转移到操作台上。

"要不要尝一下？"

南都社长劝我尝一尝，我就吃了一小口。大豆的香甜余味在口中久久不散。也许大家会想起电视上的美食节目里，形容词匮乏的主持人经常说"好甜呀""好软呀"，但是这大豆真的又甜又软，我也找不到其他形容词了。

"好吃吧！"南都社长的双眼在镜片后闪闪发亮，"经常有人问我要不要直接把这个卖出去，但是这个煮大豆的保质期顶多只有半天。也许过去的人就是想将这种煮大豆保存得更久，才把它加工成了纳豆吧。"

这是不在制作现场就尝不到的味道。

煮大豆的温度降低之后，向其中加入纳豆菌，再用薄木片包起来。在这个步骤中要将碎了、伤了的大豆全部去掉，用折成三角形的薄木片包住煮大豆，在发酵室中发酵二十四小时。

"我们用的是烧炭火的烤炉和水壶，要轮番管理火候。所以工厂里有淋浴室，工匠可以住在这里。"

发酵一整晚的纳豆随后会被降温，使纳豆菌的活动停止、进入熟成阶段，最终制作完成。

"打开下仁田纳豆的包装之后会看到大豆排列得很整齐。这有什么秘诀呀？"我问。

南都社长严肃地回答："没有秘诀！但是员工将它们一个个地认真排列是真的。要是在细节上也能尽心，就会让顾客们得到满足。"

回顾下仁田纳豆的制作过程，可以发现严格挑选材料、认真对待一道道制作工序是让味道超越其他产品的理由。有句名言说"神在细节之中"，做出好味道也归功于细节的积累。

我将它说得如此美味，肯定有人在意它的价格。根据销售商店不同价格会有差异，我和号称市场占有率第一的高野食品的纳豆比较了一下。某大型超市出售的使用进口大豆制作的"极小粒迷你三盒"有三盒，各50克，含税价格为84日元；使用国产大豆的"国产丸大豆纳豆"三盒各40克，含税122日元。

下仁田纳豆的代表产品"下仁田"三盒各80克，含税250日元（不含调味料），附有由群马县的老字号酱油酿造商有田屋生产的调味料包的纳豆价格约为300日元。

价格差异很大，但是按照每克大豆的价格来计算，使用国产大豆的产品的价格差并不大，由此可以得知进口大豆很便宜。之后的判断就凭个人的价值观了。是选择便宜的好呢，还是更美味的好？

要是这么问，无论是谁都会说："这么点差别，就买好一点的吧……"但是询问商店的人，却得知果然还是便宜的商品受欢迎。纳豆和豆腐一样，都是商店不断要求厂商降价的产品。掌控消费者的心理很难。

"商店会对价格提要求吗？"

"有倒是有。豆腐和纳豆都是盒装出售的产品，商店很难区别它们，所以有'终将靠价格一决胜负'这个市场特点。但是幸好我们的包装和其他公司的不一样，所以幸运一些。"

下仁田纳豆目前主要在众多百货店和高级超市出售，其中包括以出售日本各地优质食品闻名的福岛屋，它在位于东京都郊外的羽村有一家总店，在立川、六本木、秋叶原等地有分店。虽然下仁田纳豆很好吃，但是这种有些贵的纳豆究竟如何得到消费者的支持？

"我在刚刚继承祖业的时候就想过，一定要做便宜的纳豆。我本来没想过要继承祖业，看到卖纳豆的父亲时，想的也是'这是小生意'。"

南都后来从中专毕业,成为一名制造窗框的技术人员。1993年正月[1]回家探亲的时候,他迎来了人生的转折点。

家人围坐在桌子边喝茶,父亲突然说:"我想是时候不做了。"养育了四个孩子的父亲那时六十二岁。町内的人口减少了,纳豆的销量也下降了。

"等等啊,"南都说,"爸爸,可以的话,能让我继续做吗?"

南都也不知道自己为什么会这么说。虽然他觉得这里只不过是乡下,但也许在城市生活的时候已渐渐对故乡产生了怀恋之情。

父亲当然不同意。南都说:"您不继续做和我做失败了,结果都是一样的。"于是父亲同意了。

"明白了,"父亲说,"那在制作的时候让我帮你吧。"

南都就这样继承了祖业,但是销量没有起色。他试着像父亲一样用车载着纳豆四处卖,可过了三天就放弃了。流动贩售的豆腐和纳豆只在早上卖得出去,而且只有天天蒸米饭、全家聚在一起吃饭的家庭才会买,不过这样的家庭已经越来越少了。

那么就在超市卖吧。可是,销量也不好。

---

[1] 日本正月即公历1月,明治维新改历后沿用至今。农历正月被称为"旧正月",如今日本多数地方不再庆祝旧正月。

"纳豆不应该买水户的么？下仁田的有些……"

"你做纳豆真的行么？早点像以前一样去当白领吧。"

有些超市进货商担心南都，甚至提出了这样的建议。起初每月的销售额是 70 万日元，除去原材料费和器材费，还能剩下 20 万日元左右。平均分给父母和自己，每人只有 7 万日元。南都当白领的时候一个月能赚 30 多万日元，这么下去根本没法维持生活。

南都开始暗中摸索解决方式。为了对抗大生产商，要制作低成本的纳豆还要降价，但销售额并没有因此好转。

烦恼的南都四处拜访其他纳豆制作者。他在拜访时以问候为由，其实是想去看看其他公司如何维持经营。南都对他们说自己在制作纳豆，得到的回复和超市进货商的说法类似，有好几个人劝他："别干了，为你好。"

有一次，南都在高崎的超市中看到了售价 360 日元的豆腐。

"这么贵的豆腐卖不出去吧？"南都问进货的人。

"不，这是我们这里卖得最好的豆腐。"这豆腐就是茂木豆腐店出的"三之助豆腐"。

为什么这么贵的豆腐能卖出去？南都感到不可思议。

不久后，当他开车走在 17 号国道上的时候，三之助豆腐的招牌出现在他的视野之中。

"啊,原来就是这里。"

南都想拜访一下他们,他停下车,走进了位于埼玉县本庄的茂木豆腐店的大门。虽然他是突然来访,但社长茂木稔先生仍笑着招待了他。

茂木看上去很潇洒,左手戴着手表,右手戴着手链。他的表不便宜,虽然没扎领带,但是白色衬衫十分合身。他与身心俱疲的南都形成了鲜明对比。

后来南都得知茂木喜欢高级品,出门吃饭时只选高档餐厅。这不是单纯的浪费钱,因为茂木的信念是如果自己不接触一流的店铺,就不能创造出真正一流的产品。

在事务所里,南都在位于社长办公桌旁边的接待处向茂木进行了自我介绍,茂木说:"继承祖业的年轻人真厉害。"

南都为他讲述了至今为止的经历。他对都市生活存疑,意识到自己喜欢乡下,所以继承祖业……茂木在听完这番讲述之后,问南都:"那么,你从今往后打算怎么卖纳豆?"

南都不知如何回答。他被询问过无数次价格的问题,却从没被这么问过。

"我现在卖的是 90 日元的纳豆。以后为了对抗大生产商,我认为生产又便宜又好吃的纳豆十分重要。所以我在努力寻找又便宜又好的材料。"

南都如此回答。茂木的脸色立刻变了。

"回去!"

茂木大喝,将手中盛着茶的茶杯扔到了南都的脸上。南都愣住了,他完全无法理解发生了什么,便从口袋中掏出手帕,开始擦桌子。

他不知道为什么要道歉,但仍不假思索地说了"对不起"。人在遇到超出预料的状况时,会不由自主地道歉。南都问:"我说了什么失礼的话吗?"

"你是为了不让自家的纳豆店倒闭,才继承了祖业吧。在商业中最重要的是自己定价格。所以你为什么要做这么没有自尊的事情?要是对自己的买卖没有自信,赶紧别干了。"

茂木严肃地说。虽然有很多人劝过南都,让他放弃,但是南都第一次遇到这么严肃的训斥。

"你的方法肯定会让公司完蛋。现在的销售额是多少?"

"70万日元。"

"那么原材料费大概20万日元,自己能拿到7万日元吧。"

南都没想到茂木说得如此准确,十分惊讶。茂木站起身,从桌子里拿出公司的账本和流水单，为他讲解所有的数字。

"我们的月销售额是5000万日元。成本价是销售额的30%，1500万日元左右。也就是说，我们为材料就出了1500万日元。"

材料费不是"花"，是"出"。从茂木的话中可以看出他对材料的自信。

"南都先生，酱油是用什么做的？"
"大豆、小麦和盐。"
"那豆腐呢？"
"……大豆和卤水。"
"是啊。要是用了好卤水，就可以让豆腐有甜味。那么纳豆是用什么做的？"
"大豆。"
"是啊。纳豆的原材料只有大豆，只有它最重要。你父亲肯定很厉害吧，但是技艺只占三成，味道有七成靠材料决定。无论是人还是食物，本性最重要，想要蒙混过关不会有好处。我把我们用的大豆分给你，你用它来做纳豆吧。"

茂木边说边在便条上写下大豆的品种、数量和原价等。南都试着在脑海中计算大豆的价格，但一点都没有这样就能卖出好价钱的自信。

"这么做的话,价格就得是 200 日元了。"南都不安地说。

茂木却毫不在意:"我们的豆腐,最贵的一种售价每盒 500 日元,但是仍然有很多客人买。"

茂木豆腐店的"只管豆腐"在当时卖 500 日元,这是破天荒的价格。他们使用最好的大豆,点天然卤水凝固它,成品口感十分柔滑,简直就像高级布丁一样能融化在口中。就像"只管"[1]这个名字一样,这是茂木全心投入工作带来的产品。

即便如此,南都仍没有下定决心。于是茂木说:"那我帮你卖,每天做好之后送过来。"

南都点头。他心想,既然都说到这个份儿上了就试试看吧,要是失败了也没办法。从今以后就认这个人当师父吧。

南都用从茂木那里分到的大豆做出的纳豆十分棒。他将商品送到茂木那里,在每个月的结算日可以收到货钱。原本一个月 70 万日元左右的销售额一下子变成了 300 万日元。茂木会买下南都送去的所有纳豆,销售额不可思议地顺利增长,经营情况开始稳定。

某天,茂木给南都打了个电话。

1　日文中意近"心无旁骛"。

"你的工厂里有老鼠。快去灭鼠。"

南都心想这不可能,但是他还是检查了厂房和设备。可是一切正常。过了一阵,茂木又对他这么说。就算南都说没有这回事,茂木仍会回答:"不,肯定有。"

茂木不会在电话里告诉南都原因。南都直接前往事务所,看见桌子上放着前一天送去的纳豆。

"老鼠的事情究竟是怎么回事啊?"南都问。

茂木说:"你看看这盒纳豆。"南都打开薄木片包裹的纳豆包装,发现大豆排列成的三角形缺了一角。

"是被吃了吧。"

"不,师父。这些纳豆都是手工包装的,有一个出现这个问题,就说明是手工做出来的味道嘛。"南都苦笑着解释。可是茂木的表情变得严肃。

"你说什么呢。俗话说,豆腐缺了角就死了,我们的豆腐的角都挺立着,所以活到现在。便宜的豆腐要是缺角可以被原谅,但是高价商品不应该出现这样的问题。"

南都为自己的借口感到羞耻。茂木做的柔软的豆腐全部靠手工装盒,南都心想,将大量商品的尺寸做得分毫不差,靠的正是日本的工匠技术。

茂木经常独自感叹：做出让人人都说美味的味道，真不简单。

茂木豆腐店本是从荒凉的埼玉县逃出去的茂木的父亲、茂木三之助开设的店铺。茂木的父亲每年向镇守稻荷神社[1]供奉油豆腐和普通豆腐。继承祖业的茂木也遵守这个习惯，每年同样供奉油豆腐和普通豆腐。

某年，神社的老人叹息道："三之助以前做的豆腐真好吃啊。"茂木听到这话，十分羞愧。他只是利用茂木的名号供奉豆腐，自己做的豆腐并不好吃。

"也许因为一直抱着'我又不是喜欢才来做豆腐'的想法吧，我完全忽视了那一点。"

从那以后，茂木开始拼尽全力做豆腐。

南都参观的工厂十分干净，全部是新设备。过去做豆腐时要用大锅煮碎大豆，然后挤出豆浆。煮大豆的时候很容易起泡，所以有人会使用消泡剂。但是三之助豆腐在制作时用高压锅煮大豆，挤出豆奶后手工去除泡沫，不使用消泡剂。

---

[1] 稻荷神是谷物与农业之神，近现代以来人们也将其视为包含工商业在内的产业之神，狐狸是稻荷神的使者，供奉稻荷神的神社即稻荷神社。全日本稻荷神社的总本社是位于京都伏见区的伏见稻荷大社。

茂木心想，能不能做出更好吃的豆腐？他开始尝试使用全新技术和优质材料。就这样，他的豆腐渐渐得到大家的好评，有人夸他做的豆腐的味道已经不输给父亲。

茂木为了表达尊敬和感激，将自己的豆腐以父亲的名字命名为"三之助"。南都听到这个故事，认为传承不同于传统。传承只是守护过去的味道，但是为了创造传统，需要经常进行改革，就像向平缓的河流中不断地注入活水一样。

某天，茂木要求南都见他一面。

"我这里已经够了。以后不买你们的纳豆了。"

这通知突如其来。南都是下家，除了茂木的决定之外别无选择。

"要是一直这么下去，你就永远是我的下家。没有更好的大豆吗？自己去找找还有哪里可以卖纳豆。"

南都回到公司之后，心想要不要将产品送到顶级商场中的顶级——日本桥三越。这可是被救过一次的命啊，就按照茂木的话来办吧。他给三越打了电话，没想到对方立刻同意了约见。

到了见面的日子，南都从东京站的八重洲出口走向日本桥。他经过首都高速高架桥下，走过日本桥河，看到了百货店。它是一座有浓厚历史感的建筑。

南都在会议区向约定见面的采购员问好,对方显得非常愉快:"能见到您真高兴。"

采购员一开口就这么说,这可是他们第一次见面。

南都问:"我们以前见过面吗?"

"不,我们第一次见面,"采购员温和地笑着说,"三之助豆腐店时不时地送纳豆样品来。我们很喜欢,想要多进货,但是问茂木先生时,他说'有朝一日做这些纳豆的年轻人会好好地去拜访你们,到了那时请多关照'……我们明天就想上货,您能安排好吗?"

南都前往其他商场时,其他采购员都一样地欢迎他。原来茂木一面说是要卖纳豆,一面向各处送了南都的纳豆的样品。

南都立刻去茂木的公司表达感谢。茂木说:"生意和人生,都是人和人的交情。这不是值得你感谢我的事情,如果以后遇到有志向的生产者,像我对待你一样对待他就好。"

茂木发掘出的人才不止南都一个,还有在栃木县那须郡那珂川町制作天然酿造味噌的五月女清以智,他也得到了茂木的言传身教。

五月女在继承味噌酿造厂之前,是一个写作关于食品安全等主题文章的写手。二十世纪八十年代末,与"大量生产、大量消费"完全不同的新消费观渐渐在社会中发展,那时五月女采访了作为优质食品生产商之一的茂木。

"你老家是开味噌店的吧。所以你读读这本书就行了。"

某天,茂木交给五月女一本书,是一本薄薄的文库本《体质与食物》(秋月辰一郎著),五月女在回家的电车上将书读完了。造就人们体质的是环境和食物,充满古人智慧的味噌正是解决体质低下问题的钥匙。

"那时我的直觉告诉自己,要开味噌店。虽然还在继续写手的工作,但是我回到了故乡这里。"五月女说。他和南都一样,不明白自己继承祖业的理由。但是他一直记得茂木曾告诉他:"没关系,做吧。"

五月女继承味噌店的时候,店铺正处于破产边缘。他心想不能只当后继者,要从头开始重建事业。因此他建立了新的公司法人,开始制作味噌。不久之后,茂木为他送来了大量大豆。

"他对我说,要用这些大豆做出自己心目中最好的味道。那时送来的大豆真是太好了。我记得很清楚,洗它的时候我们都惊呆了。"

据说农户会一颗一颗地手工挑选大豆,五月女在洗大豆的时候感受到了生产者的心意。

他想为这些大豆选择最合适、最好的材料。

最好的材料来自他在采访中遇到的生产商，他选择使用山形县兴玉兴农舍的米和伊豆大岛的"海之精（现为'石垣之盐'）"的盐。然后就有了春驹屋的味噌"春驹纯情纪行"。

后来，在据称"无添加的味噌很难获奖"的全国味噌鉴评会上，五月女制作的味噌得到仅次于大臣奖的"食品产业局长奖"。他的产品获得了极高评价。

"其实在鉴评会的时候比较我的产品和其他产品，得到的是否定评价。在会上其他从业者告诉我说我的味噌好吃只是出于偶然，我想确实如此，我想在鉴评会上得到类似这样的客观评价。虽然得到其他人的认可很难，但是我在九年中得了七次奖。获奖不仅因为我的生产技术好，而且这是来自味噌生产商们的好评，我很高兴。"

即便是现在，做味噌也不是简单的事情。而且味噌也不幸被卷入了东日本大地震期间原子炉事故导致的一系列事件。"没关系，做吧"，真不知道茂木的这句话是什么意思，但是，五月女在遇到困难时仍然继续制作味噌。茂木想说的也许是要对自己的工作感到自豪，只要不忘记这一点就"没关系"。

在石川县做豆腐的山下三商店的山下浩希曾是白领，之后继承了老家的豆腐店。他的店现在已经是代表日本北陆地区的名店,其实他起初和南都一样。

山下去拜访茂木豆腐店时,看到不锈钢制的现代豆腐生产设备,惊呆了。据说用天然卤水制作豆腐是件难事,但是把带洞的不锈钢板快速沉到底部来搅拌卤水的做法看上去似乎很简单。

"那我也试试。"

茂木毫不隐瞒地将做豆腐的全部知识教给了山下。实际上使用天然卤水做豆腐并不简单,需要反复尝试摸索,山下至今仍将茂木尊为师父。

"第一次参观的是茂木的工厂,真是太好了,"山下说,"如果我参观的是其他工厂,就不会有现在的豆腐制作法了。"

可是,像许多师父与弟子的故事一样,人与人的关系终将迎来结束。2013年8月,南都在出差的途中得知了茂木逝世的消息。

他立刻取消了所有预定日程,让妻子开车载着自己赶往茂木家。南都当时感到无比恍惚,说不出话来,哭得连自己都觉得不可思议。虽然几年前就听说茂木的身体状况不太好,但是突如其来的离别仍使得聚在一起的亲友们不愿相信。葬礼的参加者站成一列，在恍惚中回想起与逝者最初相遇的那一天。

　　守夜结束后，朋友们在荞麦面店吃饭。茂木生前是个喜欢喝酒的人，大家连他的份都点了，聚在一起喝酒。

　　白木做的台子上孤零零地放着江户切子技艺做的酒壶和小酒盏。茂木在生病时戒酒了，他现在可能在慢慢地喝酒吧。

　　茂木在喝酒时总会说："我家的豆腐说不定什么时候就卖不出去了。"那时南都心想这么成功怎么可能会卖不出去，现在终于切身体会到那种恐惧。食品业界十分严苛，就算味道只下降一点点，也会影响大家的评价。

　　如果南都像往常一样工作，就不会感到悲伤。只要他在工作，就会感受到茂木的存在。南都认为，师父教会自己的技艺现在仍继续活在自己的工作之中。

　　听完南都的叙述，我觉得自己明白了为什么日本人能够将无形的食文化不断传承至今日。

　　将纳豆和酱油混在一起，或者把酱油浇在豆腐上。然后把刚蒸好的米饭、味噌汤和腌菜放在一起，就成了一顿不错的餐食。纳豆、酱油和豆腐的原材料都是大豆——将大豆配合米食用，是日本的食文化得以成立的中心。

我去采访的那天，从北海道来的大豆生产商 K's FARM 的梶宗德先生正好也来参观。梶先生在北海道的十胜地区生产土豆、甜菜、大豆和小麦等。

"青大豆之类的作物长得太高了，收获的时候很累。所以我想知道自己培养的大豆最终成了怎样的制品，知道了之后确实很高兴。大豆的自给率不是很低嘛，但我们可是生产了不少呢。"梶先生说着，歪了歪头。

南都笑着说："这种合作者的联系现在也许在慢慢减少吧。人与人之间的联系最重要。正因为大家在工作时都有志向，所以日本食文化的未来不会是一片黑暗。"

下仁田纳豆的公司本部兼工厂中，经常有中小生产商来讨教、小型商店来视察。如果有人提出问题，南都会愉快地解答。他认为，如果将有志向的小生产商集合在一起，日本的餐桌在未来肯定会变得更丰盛。

南都在年轻时曾以为这个下仁田町什么都没有，但是现在有越来越多的人造访这里。正因有人与人之间的联系，才有美味的诞生。虽然食物的味道在口中会渐渐消退，但是我们可以在心中继承这无形的执念，就像师父的执念不断被弟子继承一样。

烟囱的味道

〈酱油〉群马县 有田屋

每个国家都有自己特有的味道。

纽约的机场里飘着黄油和咖啡的香味，巴黎的机场中则飘着香水和奶酪味。东南亚各国的机场里有香料和鱼露味，还有甜甜的、带丁香调的烟草味，令人印象深刻。

有许多到访日本的外国人说这里"有股酱油味"，但是我们日本人不这么想。嗅觉的特征之一是会渐渐习惯环境，我们因为习惯了，所以闻不到。越是离自己近，就越难注意到。

就酱油这种调料而言，也许也是如此。

酱油的酿造方法在江户时代确立，随即传遍全国。这段近代史也是被战争不断打乱的历史。酱油产业在一战后的成长期开始展现出欣欣向荣的景象，但是从二战期间到二战结束，则一直处于困境。因为食物严重不足，很难获得原材料大豆和小麦。

为了解决这个问题，人们想出的方法是采用大豆之外的蛋白质作为原材料，也就是用氨基酸液酿造"氨基酸酱油"。1940年，政府开始禁止使用普通大豆做材料。酱油业界中最大的生产商万字酱油不想让商品的品质下降，便开发出了使用脱脂大豆（豆粕或豆饼）酿造酱油的工艺，并且将其公之于世。用脱脂大豆有一个很大的好处，它在榨出大豆油之后会产生很多空隙，便于细菌进入，更容易发酵。因此，用它做的酱油比普通大豆做的酱油香味更浓郁。

二战后，使用脱脂大豆造酱油成为酱油业界的主流，也有些地方仍然保留着二战中的氨基酸酱油酿造法。

简单来说，氨基酸液就是"含有很多香味成分的液体"。有在酱醪阶段添加氨基酸液和在生酱油阶段添加氨基酸液这两种酿造方式，但是无论哪种都是靠混合氨基酸液和添加甜味料制作出酱油独有的味道。我在九州、四国和北陆旅行的时候曾经尝到十分甜的酱油，真是令人惊讶。这些地方至今仍然习惯食用氨基酸液酿造的酱油。

在昭和三十年代（1955—1964年）后期，《中小企业现代化促进法》使得中小生产商联合在一起酿造酱油，这是为了和大厂商对抗，确保获得足够的原料。联合制一方面保护了中小酱油生产商，一方面将酿造厂的工作变成只是为从联合工厂运来的生酱油加热杀菌和装瓶。从原材料开始酿造酱油的生产商只剩行业整体的不足一成。

现在的酱油市场基本上被五大公司占领，但是以前它们也都在各自的土地和酿造厂，酿造属于当地的味道。

在料理店，一般只因"我们用 Yamasa 牌的""我们用万字牌的"这些理由决定一直使用某种酱油。依据店的习惯，煮东西用的高汤（出汁）材料比例一般是 10:1:1（高汤：酱油：味醂），浓汤的话比例是 4:1:1（高汤：酱油：味醂），如果改变配料，味道就会变化。所以出乎意料的是，料理人一般只知道自己常用的酱油的味道。

在群马县安中市，沿着与大道平行的旧中山道[1]散步，可以闻到寒冷的空气中飘着酱油的香味。上州吹来的山风吹得写有"有田屋"的深绀色布制看板摇摇晃晃。我在厂设直营店旁边的由酱油酿造窖改装成的展示厅里，采访了有田屋的第七代当家汤浅康毅社长。

---

[1] 江户时代的五街道（东海道、中山道、日光街道、奥州街道、甲州街道）之一，全长 526.3 千米，是将江户的日本桥（现位于东京都中央区）和京都的三条大桥连接在一起的道路。

"感谢您特意来访如此偏远的上州安中的乡下……"

汤浅社长的举止十分得体,而且言辞谨慎。

也许熟悉历史的人曾经听说过有田屋的第三代当家汤浅治郎。大河剧《八重之樱》中,他为新岛襄创立的同志社(也就是现在的同志社大学),还有德富苏峰创立的民友社提供了不少帮助,而且他也是内村鉴三[1]的赞助者之一。

"这张照片里有内村鉴三。"汤浅指着展示厅中展出的老照片说道。

俗话说"酿造酱油是富豪的工作"。过去的酿酒厂、味噌厂、酱油酿造厂绝大多数都由富裕人家经营。酿造业需要时间将食物从原材料做成商品。在这过程中需要精打细算地支出人力费,但是材料在发酵过程中价值一点儿都不会增长。也就是说,酿造业本身是没有足够资金的人无法从事的行业。

如今,酿酒厂和酱油厂的经营者多是当地的有名人,经营有田屋的汤浅一族也不例外。天保年间的大火将安中的菩提寺保存的古文书记录烧没了,所以不知道是否准确,据说汤浅家

---

[1] 内村鉴三(1861—1930),日本基督教思想家、文学家、传教士,基于对基督教福音派信仰和社会时事的批判,倡导以研究《圣经》为中心的日本独有的无教会运动,著作有《基督信徒的慰藉》《求安录》等。

原本来自纪州。现在的和歌山县有田郡汤浅町的酱油酿造发祥地就在纪州。

有田屋总店对面的小路上有一块刻着"便览舍址"的小石碑。便览舍是第三代当家汤浅治郎开设的私人图书馆。过去在馆内有椅子和桌子，还有三千册日本和中国的书籍与杂志，甚至还有美国人赠送的带插图的杂志，全部可以免费阅读。

治郎的第二任妻子初子是大文豪德富芦花的姐姐。从这里可以看出些明治时代知识分子的社交关系。治郎的大儿子汤浅一郎是名西洋画的画家，二儿子三郎作为第四代当家继承了祖业，他也作为安中町长和县议会议员在地方政界活跃。第五代当家正次是安中市市长，在1947年创办了新岛学园。第六代当家是太郎，现在的第七代当家是出生于1969年10月10日的汤浅康毅。也就是说，汤浅家是当地豪族。

主屋和味噌酿造窖之间的空间里停着一辆1978年式的梅赛德斯—奔驰乌尼莫克卡车。车轮的直径和小孩子差不多高，这辆车现在是有田屋的吉祥物。穿过走廊，可以看到主屋后面的空地中间有一个很高的砖砌烟囱，现在已经不再使用，但它是酱油酿造厂的象征物。

有田屋的直营商店出售"酱油屋的团子"，我尝了尝它。它是粳米做的柔软团子，可以蘸有田屋的二次酿造酱油，或者蘸用这种酱油做的酱汁。酱油的鲜香味和柔软的团子真是绝配。它也可以做成烤团子，烤酱油的香味同样令人难忘。

"难得来一次酱油酿造厂，我想让您尝尝带酱油味的美食。"汤浅说。

汤浅在年轻时从没想过继承祖业，在上大学时仍以为姐姐会成为继承人。

"我小时候甚至十分厌恶自己生在酱油厂。"

小孩子不知道有历史的家族的价值，他去朋友家的新房时感到十分羡慕。他也不记得生在汤浅家的好处，上中学时经常被同学开玩笑，叫他"社长"。他甚至十分厌恶在这个小地方，无论去哪里都被当成"有田屋的少爷"。

汤浅从新岛学园高中毕业后，前往美国的乔治·华盛顿大学留学。

"即将毕业的时候面临着对未来的选择。我想继续在美国工作。我没有告诉其他人，我家从江户时代起一直在酿造酱油。某次上课时要做小演讲，我得到了讲述有田屋历史的机会。"

听了他的演讲的朋友们都感到佩服。

"那你会回日本继承祖业吧？"汤浅的好友问他。

他摇了摇头，说："我想在美国工作。"

他说这句话的时候没有多想。但是朋友的脸色立刻变了，生气地说："为什么呀？不继承这么有历史的祖业，我没法理解。我觉得酱油这类发酵食品有谜一般的魅力。我十分佩服现在有百年以上历史的传统产业和工匠的工作，可是你一点都不重视它，真奇怪。"

汤浅心想自己确实不明白为什么，但是他更好奇自己为什么无法明白。

"那天晚上我回到自己的房间，开始思考他的话。他是外国人，却说这是日本的重要文化，但我一点都不想继承。我眼中的美国文化光彩夺目，反过来说，美国人可能更能看清楚什么是日本传统文化。这么想来，我继承酱油酿造厂也许是个不错的选择。"

汤浅回到日本之后，选择先在一家大型超市工作。他想在制造业转变为服务业的时代中，从另一个角度观察产品流通的过程。

二十世纪九十年代，日本社会中卷起了美食热潮。对于能够如此近距离地看到消费者变化的职场，汤浅感到无比新鲜，在其中度过了充实的每一天。超市货架上摆放着意大利香醋和橄榄油，但是家庭开始减少消费普通酱油，它被面汁[1]、高汤酱油和昆布酱油等加工过的酱油取代了。1994年的统计数据显示，在每个家庭的年间消费金额里，这些面汁和酱汁类的支出已经超过酱油。虽然酱油的家庭消费低迷，但是商用消费依然稳定。因为在外吃饭已经是寻常事，外带餐食也得到普及。

汤浅在1998年加入有田屋。那时的客户主要是面向医院和学校提供食物的食品加工公司，直销的比例只占二成左右。

从外部看，自己对工作似乎了如指掌，但是在实际参与之后，汤浅发现不明白的事情数不胜数。酱油要在春天和秋天开始酿造，酿造前需要先清理酿造桶。酿造桶有两米多高，它的桶底到桶口的内壁上糊着固态的酱醅，要把它用水洗掉、用刷子刷下来。

换句话说，就是清洗一个巨大的浴缸。要把细小的脏污和酱醅都洗掉，用泵把脏水吸走之后需将剩余的水分全部擦干。之后还要用洗涤剂再洗一遍，用水冲净后将桶充分干燥。这是需要穿防水衣的重体力劳动，干完活儿贴身的衣服甚至能拧出汗水。

酱油的原料基本是大豆、小麦和盐，十分简单。大豆产生

---
1 以高汤、酱油、味醂（或日本酒）和白糖为基础制作的调料。

颜色与味道，小麦制造香味，盐用来防腐，确保发酵时只会产生必要的微生物。因为保管材料的场所有限，所以在开始酿造时进货要分好几批。

"以前搬运大豆也好，其他工作也好，全靠人力。"汤浅帮忙搬运送来的大豆时，有一位负责制作的工匠感慨地说，"我们的厂长，一次能搬动一百多公斤盐呢。"

他用尊敬的目光望向正在操作机器的厂长。厂长看上去不算壮实，真看不出来是个大力士。

大豆要用巨大的高压锅来蒸，必须保证每一颗大豆都蒸熟。听上去似乎不难，但是要将一吨大豆都蒸到同一种程度，需要很高的技术。大豆作为农产品，它的状态每年都会变化，所以需要调整浸泡的时间。工匠们还要观察蒸汽的状态，靠细微调整栓和管道来保证火候。这些技能令人大开眼界。

将蒸熟的大豆和炒过的小麦粉碎，之后加入曲霉菌，转移到曲室制成酱曲。曲霉菌是生物，因此接下来的四十八个小时不能掉以轻心。通过多次进行"通风"这一让空气进入曲料的流程，使得菌丝加速生长。

某天，检查曲料情况的厂长自言自语道："有些奇怪啊。"汤浅就问他怎么了。

"温度可能不对。加热器的状态有些奇怪。"

他们在检查温度计后果然发现，室温与设定好的数值差了两摄氏度。他们顺利地调整了温度，汤浅不禁感叹，厂长是在用全身感受酿造过程啊。

"厂长从不吹嘘自己的技术，只是以平常心工作。我从小就认识他，并且十分佩服他这个长期在这里工作的人。但是我在实际接触工作之后改变了想法。我想了解这门技术，一定要让年轻的工匠继承它。"

酱曲在曲室内共计发酵四十八小时。在这期间，厂长会没日没夜地照看酱曲。

在第三天，将做好的酱曲移到发酵槽里的步骤叫"出曲"。如果将做好的酱曲放着不管，曲霉菌就会因为自己散发出的热量变得虚弱。所以从这一步开始要尽快行动。此时曲室里面飘浮着小得看不见的孢子，这就是顺利培育酱曲的证据。

将酱曲和盐水混在一起就能做成酱醪，在里面加入酱油酵母之后慢慢熟成。正是酵母的不同使得各家酿造厂的产品味道不同。

等5月初的长假结束后，就到了用被称为"桨"的工具进行混合工作的时候。长时间放置酱醪时，它会因各成分比重不同产生分层，酱醪会漂在上层，食盐水渐渐沉向下层，所以要用"桨"将它们混合在一起。

用"桨"将酱醪搅碎，使底层的盐水混入酱醪里，并在此后两年里不断重复这个步骤，就可以自然地促进发酵。酱醪的颜色刚开始和材料一样，随后会渐渐地变成带有深红色的褐色。酿造酱油就像养孩子一样，为了一起成长，等待是最重要的。

某天发生了一件事。在一个刮强风的夜晚，厂长给汤浅打了个电话，他说担心风的情况所以来检查酱油窖，发现有一部分天花板掉下来了。

"必须得找工匠修理啊。"汤浅说。

厂长却叹了口气，说："我有点担心酱油的味道会不会变。这么点天花板应该没事吧……但是，有一家酿造厂出过事，因为屋顶太旧他们把屋顶的瓦换了，此后酿出来的酱油的味道变得完全不一样。虽然我想这次不会这么严重，但要是通风方法和光照方式变了会很可怕啊。"

汤浅心想，酿造场所的环境真是微妙啊。

梅雨季过去之后酱曲的发酵速度加快，就可以闻到一股酒精的甜味。这股味道在熟成后会变成酱油独有的香味。为了促进发酵要继续进行搅拌工作，但是厂长不习惯接触酒精，所以他的脚下有时飘飘的。

汤浅问他："这种时候你怎么办？"

厂长笑着回答："唱歌啊。这样就可以顺利推进工作了。民谣和船歌挺好的。"

听上去像是开玩笑，但是确实是真事。每到这个时期就能听到酱油窖里隐约传出厂长的歌声。

气温上升之后，酿造桶里的酱醪就会活跃地"呼吸"。喧嚣声大到连睡觉时听，都仿佛就在枕边。这声音令人无比安心。

"上一代当家曾经如此说过，'造出酱油的不是人'。这是自古以来在有田屋流传的话，人只不过是酱油酿造工程的一部分。这句话像训诫一样呢。"

酿造酱油时不能按照人的意愿为它加速，而且也做不到。

发酵结束之后就是压榨，要将酱醪用包袱皮一样的布包起来，堆在一起。它们会依靠自身的重量挤出酱油，空气中弥漫着酱油的香气。汤浅当然也在这个工序中帮忙了，厂长和其他工匠们堆的酱醪包很整齐，他自己堆的却不好看。这工作看上去虽然简单，却不是说着玩的。

之后要加热榨好的生酱油。加热使得微生物失活，这个工序可以让酱油颜色更深、味道更浓。最后再装瓶、贴上标签，酱油就做好了。

"在继承祖业后,我的交际范围变得更广了。我从本地经营制造业的人们那里学到了不少。酿酒厂的社长也是需要进行发酵工作的人,还有下仁田纳豆的南都社长,他制作纳豆也要用大豆,我们因此认识之后发现彼此都喜欢车,他教了我各种知识。"

汤浅记得某次在车里听到南都说:"做东西还是要看素材。生产者们要从大自然中汲取能量。要是没有这个能力,我们就没法工作。所以一定要对大自然抱有敬意啊。"

此后他们经常讨论接下来应该做什么食物。

下仁田纳豆没有附带调味汁和辣椒粉。汤浅问南都为什么不加辣椒,南都回答说这是因为辣椒粉在制作时使用了添加剂。

"我曾经找过有没有合适的,但是没有找到,所以还是不加比较简单。调味汁也是一样,大厂商的纳豆调味汁只有一股氨基酸味儿。要是用了它就吃不出自然的大豆味道。"

"可是,会有顾客觉得不适应吗?"

"可以今天加酱油、明天加橄榄油,我想让客人们有机会享受到不一样的味道,要是说我们因此不加调味汁也行。是否感到不适应,因人而异。无论是纳豆还是酱油,都是靠细菌自然地做出来的东西,不是靠人的需求做出来的。"南都笑着说。

汤浅点点头,心想确实是这样。这种想法和有田屋的哲学相通,"造出酱油的不是人"。

某次汤浅问南都:"酱油窖今后怎么生存下去啊?"南都想了想,说:"不要想得太难比较好。酱油的原料是什么?酱油的美味之处在哪里?单纯地将这些事情做好更重要,肯定如此。"

汤浅恍然大悟。但是酱油的美味之处是什么呢?这个问题的答案,他还没有找到。

2003年4月,汤浅成了有田屋的第七代当家。

"我在自己这一代的改革是停止酿造含有氨基酸液的酱油,而且将脱脂大豆换成了大豆。因为我们的提供方向几乎都是商用,还有学校配餐使用。就算他们觉得好吃,我仍对以后该怎么办心存疑问,所以决定全部回归天然酿造。"

大量生产、大量消费的时代结束了,时代潮流变成寻找好商品。在汤浅继承祖业前一段时间的1990年,业界最大厂商万字酱油发售的"特选丸大豆酱油"就是时代的象征。

一直销售到现在的不是脱脂加工大豆做的酱油,而是用美国和加拿大生产的大豆酿造的酱油。有地方酿造厂一直使用大豆酿造酱油，可是业界大公司的产品对他们造成了冲击。酱油世界也迎来了转折点。

"我们的酱油只使用国产大豆、小麦和盐。虽然脱脂大豆不是什么坏东西，但它是加工品，一大缺陷是我们不知道原料大豆是在哪里、如何培育出来的。所以我们只选用值得信赖的大豆。"

使用国产大豆酿造的酱油的流通量低于2%。国产大豆，说起来简单，但是大豆的自给率只有7%，几乎都用来做豆腐和纳豆了，因此作为加工食品的酱油的使用绝对量更小。

脱脂大豆当然不是什么坏东西。我曾经提到，它被加工成细菌容易进入的状态，如果测量带来鲜味的氮含量，它的氮含量比大豆做的酱油更高。可是酱油的美味不能仅靠鲜味计算。

脱脂大豆和大豆的区别不在于优劣，而是目的。有人说，用大豆根本没有意义，因为最后终归要除去油脂，但事实并非如此。油脂会在漫长的熟成过程中变成甘油，溶解之后使得酱油更顺滑。

可是以氨基酸为代表的鲜味调料的问题很难解决。几年前，我曾经在小说杂志的采访中漫步关东和大阪地区，品尝车站里出售的荞麦面。铃木弘毅先生曾经写过很多和车站里出售的荞麦面相关的作品，他为我提供了帮助，那时鲜味调料也成了话题之一。

车站荞麦面的调味汁基本都添加了鲜味调料，这味道令我们感受到往昔的乡愁。以前使用鲜味调料再普通不过，那时就连日本料理界名店的厨师也一样用它。

为了避免误解我必须指出，鲜味调料不是对身体有害的物质。以前曾有传言说它有毒性，但是科学分析告诉我们它对身体无害，至少害处连盐都比不过。可是过量食用会吃不出原材料的味道，所以在原材料越来越好的现在，渐渐没有必要继续用它了。

"可是不加它很难啊，"铃木告诉我，"有些从业者试过，但是业绩一落千丈。"

人们的舌头很保守。就算时代变化，支持老味道的声音依然根基雄厚。如果从经营角度判断，改变毫无疑问很难。

"我认为停止添加氨基酸是一个很不得了的决断，您怎么想？"我问。

汤浅点点头，说："也许是这样，我们为此失去了商用的客户。为了让新的味道稳定下来需要时间，而且从经济角度来看这么做的效率很低。要看到两三年后的状况，必须做好准备。

可是我们不是个大公司,所以如果不做出在社会中有意义的产品就无法生存。"

据说汤浅在拜访食品生产商,对他们进行说明的时候,经常被询问:"这么好吃,你为什么不做了?"关于改变味道的事情,上一代当家什么都没说,全都交给汤浅去做,但销量下降了。可是汤浅并不认为这是困境。

"也许我骨子里是个乐观的人吧。"

汤浅从不认为自己的决断有错。几年后,浓口酱油的做法也变了,从低盐的乡村味酱油变成了有明显香味的酱油。不可思议的是,有人高兴地说"这是过去的味道"。

汤浅为了找到酱油的不同用途,和朋友经营的甜点店一起开发了"酱油屋的酱油饼干",它曾在某酱油比赛中赢得评审员特别奖。这种饼干用的不是浓口酱油,而是二次酿造酱油。为使酱油的味道不过分突出而进行了调整,它的美味获得了超出想象的好评。

二次酿造酱油是在制作酱醪时用酱油代替盐水做出来的酱油,也被称为甘露酱油。比起花两年酿造的普通酱油,它要多酿一年,所以它的香味醇厚、盐味温和。

二次酿造酱油"富国印天然酿造酱油"是有田屋的代表产品。

它在汤浅这一代换了包装，最初由上一代当家酿造。

"爸爸说'想做更鲜的酱油'，就着手开发了二次酿造酱油。因为要将酿好的酱油再做成酱油，所以效率很低。但是不被流行冲昏头脑，反而'逆行倒施'，就是我们家的风格，没办法。现在市面上卖的不都是能够立刻吃的东西嘛，基础调料实在是太普遍，所以不被重视。"

一度下降的销量开始渐渐回升。在2009年，汤浅改建事务所，开了直营店。一个理由是想要提高直营的比例，还有一个理由是想要成为当地的重要场所。

"最近令我高兴的事情是，因我们换成天然酿造法而离开的学校、商用的客户回来了，他们说只要用一点点我们的酱油就能让饭变得好吃。得到了极高的评价。"

"您认为酱油的优点和美味指的是什么？"

我如此问汤浅，他陷入沉默。"优点是……"他用手指按着嘴唇，开始思考。

汤浅说："很抱歉，我的回答会很抽象。其实我以前在熊本县的百货店举办的群马县物产展出过摊位。结果被其他人说'和九州人习惯的味道不一样，算了吧'。"

"因为九州的酱油很甜啊。"

"是的。我预料出展的结果应该不会好,但是竟然给我留下了痛苦的回忆。我第一次经历卖得如此糟糕的状况。到了第三天就想回去了。"

汤浅笑着继续说:"那时有位女性来我的摊位。她尝了尝酱油,突然对我说它'有股烟囱的味道'。"

"烟囱的味道?"

"我们公司背后的空地里正巧有一个标志性的砖砌烟囱。我问熊本的这位女士为什么这么说,她说她上小学的时候曾经住在这里。空地旁那条路是上学的路,孩子们之间有传言说如果舔烟囱,会发现它是咸的。她之后恐怕因为家里的事情搬家了。经年累月,她可能已经忘了烟囱的事情吧,但是她在尝酱油的一瞬间想起来了。我想,只尝一滴就能有如此的力量,这就是酱油的优点。"

酱油有唤醒记忆的力量。简直就像普鲁斯特笔下的玛德莲蛋糕。美味不会只经过舌头,它会潜入记忆的深处。虽然平时不会注意到这一点,但是这一瞬间突然浮上心头的时候,会让心灵震颤。

"和以前比,现在的酱油,味道怎么样?"

我在最后问了这个问题。有人说日本的饮食状况不如以前,但是重新审视酱油味道只是这几十年的事情。

"上一任厂长的技艺很厉害,现任也是位极佳的工匠。我认为与以前相比,我们现在的酱油也很精良。就业界整体而言,酱油的味道也一定比过去更好。"汤浅肯定地说。

在这次采访之后,有位我认识的寿司师傅说对有田屋的酱油很感兴趣,我就介绍他去当地看看。他在拜访时品尝了浓口酱油和二次酿造酱油,叹息道:"我之前都在做什么呀。"

寿司师傅要花很长时间煮酱汁、将味醂和酒里的酒精挥发掉。但是如果用了好酱油,就不需要这些多余的步骤了。我想,料理人的技术在微生物的活动面前只是雕虫小技罢了,这也是我得到的教训。

守护木桶

〈酱油〉小豆岛 山六酱油

濑户内海平静的海面就像一块微微起皱的蓝色布料。我访问了位于海正中央的小豆岛。小豆岛以橄榄油之岛闻名,但它也是酱油之岛。

为什么在小豆岛上有许多酱油酿造厂呢?

原本在小豆岛上发展繁荣的是制盐业。因为小豆岛的农田很少,所以粮食无法自给自足。但是它活用交通便利这一优点,用盐加工九州送来的大豆和小麦,作为特产送到消费量极高的大阪。而且这里的降水少,适合酿造酱油。岛上曾有四百家酱油酿造厂,现在还剩二十家在继续生产。

从高松港出发,乘坐高速汽船,摇摇晃晃一小时就到了小豆岛的港口。下船之后就闻到一股酱油味……其实并没有,弥漫在空气中的是一股芝麻油味。因为港口附近就是以芝麻油闻名的九鬼产业的工厂。顺带一提,小豆岛有一种特产挂面,使用加入芝麻油的小麦粉可以将面抻得更细长。

我此次旅行的目的是采访木桶。提起酱油，很多人会想起用木桶发酵、熟成的样子，其实现在木桶已经快绝迹了。现在一般使用室外的发酵桶、室内的塑料桶或者混凝土槽。用木桶造的酱油目前只占全部流通量的1%。有三分之一的木桶造酱油集中产自小豆岛，这让我十分惊讶。

我在港口租了一辆车，首先前往小豆岛上最古老的酱油酿造厂山三酱油。在颇有风情的瓦制屋顶建筑前飘着当地名产酱拌饭的旗帜。

山三酱油以生产国内唯一的有机橄榄油而闻名。2015年4月，山三酱油设立了子公司濑户内自然农园，负责橄榄事业的人是佐藤润。

"有人说创立子公司因为'酱油酿造厂的副业是榨橄榄油'，我不喜欢这种说法。这没法体现我们的决心。常言道酿造酱油不是靠人的力量，人只能从中帮帮忙。其实榨橄榄油也一样。"

佐藤留着短发，被晒得黝黑。他不是成长在这座岛上的人，而是后来搬来的。他曾经是某家综合商社里分析机器的业务员，与酱油或橄榄油毫无干系。

小豆岛的橄榄油有百年以上的历史。1908年，橄榄第一次被带到岛上，从此小豆岛成了"日本橄榄油圣地"。据说在大正时代已经收获了只能用来压榨的橄榄，那时没有压榨的机械，而是使用改良后的榨酱醪的布。

对于有机培育橄榄有句辛辣的评价，就是"刀山火海"。因为种植者要在烈日下巡视每一棵橄榄树，将小豆岛固有的某种象鼻虫用镊子夹走。

濑户内自然农园的橄榄油很贵，但是几乎赚不到钱。这番苦战的结果是，他们产出的橄榄油在洛杉矶国际特级初榨橄榄油品评会上取得了两个部门的奖项，在 Olive Japan 国际特级初榨橄榄油大赛中获得金奖，得到了来自全世界的好评。

佐藤推荐的橄榄油食用方法是拌酱油。

"我们的目的不是在品评会上得到好评。在考虑想让谁来吃时，果然还是想让我们日本人自己尝一尝。日本人喜欢和文化，所以我们想生产适合和食的橄榄油。"

佐藤说，如果在外国将橄榄油和酱油混起来，可能会引发争议，但是在同种环境下生产的食材一般都十分相配。日本产橄榄油的味道确实很稳重，和外国的味道完全不一样。小豆岛橄榄油经历百年历史，浸润着日本的味道。

佐藤带领我参观了当地的生酱油酿造厂岛酿股份有限公司。

岛酿是根据前述的《中小企业现代化促进法》，由九家酱油酿造厂共同出资成立的公司。包括山三酱油在内的九个厂从这里取得生酱油后，再各自制成自己的产品。

岛酿公司位于小豆岛町西村的国道边，被低矮的砖墙包围。穿过大门后可以看到创业者武部吉次郎的铜像迎接我们。

这里的地上排列着高12米的不锈钢发酵桶。岛酿虽然是发展机械化的酱油酿造厂，但是酿造方法本身与过去无异。我们参观的时候，正是给蒸好的大豆与小麦粉的混合物中添加曲霉菌的阶段。

我们参观了一系列工序，前往工厂最深处的"古式本酿造诸味藏"酱油窖。走入酱油窖，可以看到排列整齐的木桶，微凉的空气环绕在身边。

"很壮观吧。这些酱油桶来自各家酱油酿造厂，一共约有两百个。在夏天要天天搅拌这些桶里的东西，这可是重劳动呢。"

放弃使用木桶的理由确实是效率低下。木桶的上部敞着，而且木头可以吸收水分，因此很容易变干燥。此外木头里有各种细菌，发酵更耗时间。每个桶之间也存在差异，因此想要用好它们需要极高的技术。即便如此，仍有许多小豆岛的酱油酿造厂坚持使用杉木桶发酵，因此留下了许多木桶。

佐藤接下来带我拜访了山六酱油。开车沿着细长蜿蜒的路前行，终于到达这家小小的酱油酿造厂。使用木桶代替看板，是他们的标志。

"如果有客人来，我想带领参观的不是我们的酱油窖，而是康夫先生的。"佐藤说。如他所说，这里的负责人山本康夫先生是木桶的传道士，在酱油世界中很有名。

"我们本来是造酱醪的地方，也就是酱油厂的外包公司。"

山六酱油将酱油窖前的空间改造为咖啡店，开放给公众。我在咖啡店的户外区采访了山本先生。

"二战前，酱油厂的生意特别好。战后，昭和25年（1950年）时，我的祖父说'把酱醪榨成酱油更能赚钱'，因此我们变成了酱油厂。但我们发现得太晚啦。"

他的话听上去像是开玩笑，但是镜片后的眼睛却毫无笑意。战后酱油的价格下跌，山六酱油的利润上升期仅有几年。

"为什么山六酱油要保留木桶？"我问。

山本认真地说："因为我们没钱。我们没有参与合作生产，也是因为我们没钱向岛酿公司注资。不是我们想用木桶，而是别无选择啊。"

山六酱油的商品种类很少。基本是花四年到四年半酿造的二次酿造酱油"鹤酱",用酱油及黑大豆酿造的浓口酱油"菊酱",以及无添加的柚子醋和高汤酱油这几种。

"我们以前酿造混合酱油(在酱醪中添加氨基酸液,短时间熟成的酱油),产品甚至卖到了广岛和冈山。现在只有鹤与菊这两种,很奇怪吧,一般来说命名时排在鹤后面的是龟,在松竹梅之后才是菊。这是因为发生了各种事情,实在是太麻烦,其他产品我就全部放弃了。"

鹤酱从开始酿制到完成要花费六年,我认为它是日本现在生产的二次酿造酱油中最有味道的,而且很醇厚。因为它的味道层次丰富且温润,非常适合和冰激凌一起吃。在山六酱油的咖啡店里就可以品尝到加了"鹤酱"的冰激凌和酱油布丁。

"'职人酱油'(位于前桥的酱油贩卖公司,将全国的酱油装成小瓶出售)的高桥万太郎先生告诉我,酱油很适合配香草冰激凌。我起初半信半疑,尝了之后发现居然是真的。因此将它加入菜单了。"

菊酱与鹤酱完全相反,它的味道像日本刀一样尖锐。原料中的黑大豆是大粒的"丹波黑豆",小麦是香川县产的"赞岐之梦2000"。因为它的香味明显、鲜味醇厚,就算和黄油混在一起也不会丧失味道。

"菊酱使用丹波的黑大豆酿造。曾有一段时期丹波的黑大豆因很难泡发，所以很便宜。我们是第一个用它做酱油的酱油窖。可是后来黑大豆变得有名起来，价格涨得不可思议。我们赚到的钱少了，但是不能改变味道，所以仍继续用它酿造。"

酿酱油全靠自己的山本先生原本在大阪和东京工作，作为当地煮物生产商的销售员，负责与大超市的采购员对接。

"在超市谈生意的时候，如果和没有商品知识的采购员聊天，会发现他们只会考虑价格、分量和包装设计。我推荐无添加商品时，他们只会说'太贵了'。因此我很讨厌去那家推销产品。"

山本心想，不应该去推销食品，而应该做让大家来买的食品，这样才正常。此时他想到的是老家做的木桶酿的酱油。

于是山本辞职，回去继承祖业。

"我刚继承祖业的时候，状况不能再坏了。我从大学毕业后想继承祖业时，父亲对我说'你不用继承，酱油厂赚不了钱，也没工资'。我看到财务报表时脸都吓白了。"

山本记得自己在第一年帮上一任厂长酿酱油、混合酱醪。酱油在桶里要从春天酿到夏天，并且根据气候变化进行发酵。因为发酵产生的热量，酱油窖里简直像桑拿房一样热。冬天则冷得像冰窖。上一任厂长曾经说过，"混合酱醪就是地狱"，这话一点不假。

从第二年开始,父亲为山本下达指示。

"好好搅。"

"别搅得太过。"

山本听从指示,但是必须依照每桶的发酵状况自己思考搅拌到什么程度。

"造酱油的不是工匠,是酱油窖、桶和细菌。"

自己只不过是帮帮忙。前一任厂长的意思他明白,但是细菌不会说话,他只能靠五感判断。不知不觉中迎来第三年,父亲对他说:"你自己搅吧。"

可是到了第四年,父亲病倒了。生命虽然没有危险,但是无法再继续酿造酱油。没有人工作,也没有资金,公司陷入了险境。山本只能自己酿酱油、整理商品,专心酿造鹤酱和菊酱。

必须改变这种状况。一次,父亲的亲戚开办的出租车公司带来了一批参观者,他们的态度成了改变的契机。每一个第一次见到酱油窖的人都感到惊讶,并购买酱油当作土特产。山本心想,就是它了。从那以后,无须预约就可以参观山六酱油窖,而且全年无休。

接下来要给参观者寄广告,增加直销的比例。过了一段时间，电视台来采访后产生了宣传效果，销量开始渐渐提升。

"我那时难受得都想死了。销量上升、给空桶里倒酱曲酿酱油，这样库存就可以增加。但是该交税却没钱交的情况仍持续了很久。"

"原材料价格也很高吧。"

"是的。随便算一下，原材料费就是大厂商的七八倍，熟成期间是他们的十六倍。大厂商卖200毫升的小瓶酱油时定价250日元，但是500毫升的鹤酱价格有1000日元，售价相差还不到一倍。赚不到钱吧。我们是便宜出售精心酿造的高级酱油的生产商啊。"山本说着说着笑了。

酝酿出两种酱油味道的是一百多年前建成的、被指定为"国家有形文化财产"的酱油窖的土墙，还有木桶里无数的细菌。附在木桶壁上的菌类依靠复杂的微生物相互关系和生成的物质造出酱油的味道。虽然山本说自己没有钱，但是木桶和酱油窖是无论有多少钱都买不来的。

"销量渐渐提升，木桶不够用了。现在制作酿清酒、味噌和酱油等用的6000升容积的木桶的厂商，只剩位于大阪堺市的一家了。我觉得这么下去就没有桶用了，于是在2009年借钱买了九个新桶。对方告诉我，'你是二战后第一个来订木桶的酱油厂啊'。"

一百多年前的大正6年（1917年），堺市有四十七家造桶厂，现在只剩藤井制桶所这一家。这家造的桶，寿命很长，据说能用一百到一百五十年。虽然订了新木桶，但是没有更换旧桶的必要，只需要修缮和重组。如果只关注新做好的桶，就没法让工作继续。

新桶按照三个一批的顺序送入酱油窖。工匠们看见六个新桶摆在面前，眼睛闪闪发光。

"我们第一次看到六个新桶摆在一起呢。"

接下来又送来了三个桶，九个新桶排成一行。工匠们开始拍照，笑着说"现在死而无憾啦"。

山本说，"虽然我们很高兴，但是这些新桶仍然不够用，而且后来制桶所的人告诉我，'不知道我们还能造到什么时候'。"

现在藤井制桶所发布公告，计划在2020年关闭。木桶是造酱油的生命线，这么下去也没法修桶了。为了给后辈留下造酱油的桶，只能趁现在抓住机会。

感受到危机的山本选择了大胆的行动。他与认识的木匠一起拜造木桶的工匠为师，实施"木桶复活计划"，开始自己造桶。

"这么下去只能自己造了。我们还了三年的借款，将还回去的又借来，在2012年又订购了三个桶。那时我让他们在每个阶段完成后暂停一阵，让我从构造开始学习如何造桶。"

山本在回到小豆岛之后开始制作新桶。桶的直径有1.85米，高2米，十分巨大。他和朋友们一起寻找竹子，将木头切割出正确的形状，从头开始造桶。木工刨子的用法与做桶时需要按压的用法不一样。装竹制桶箍很费劳力，而且很难得到原材料。就算如此他们也没有选择舍弃木桶文化。

师父一个人编竹子，但是刚开始时需要四个人帮忙。安装底板时要用叉车将它抬起来，大家一起装好。如此这般，在2013年9月，小豆岛产的新桶诞生了。

"师父对我说，'有很多人问过我，但是真正来学习技艺的人只有你一个'。最后谁都不愿意继承，但是如果没有人继承，技术就会消失。如果2020年制桶所关门的时候没人继承技术，就算那时候还没事，倒计时的钟声也已经敲响，再过五十到一百年左右就不会有人用木桶了。前段时间用木桶做的味噌消失了，我不希望自己死了之后和食的基础调材料也消失不见。"

"这已经和买卖没关系了呀。"

"没关系。我投资新桶不会产生利益，一个桶的价格与一辆小轿车差不多。我曾经算过，按照我们酿造酱油的方法，桶的折旧需要多少年，结果是需要九十到一百年。这不是多少年，而是多少代了。我心想这不行啊，但是即便如此也不会选择放弃。要是我死了，孙子和玄孙可能会说，'在爷爷那代，因为没有木桶厂，所以家里没法继续经营酱油厂了'。"

山本绞尽脑汁，将酿造鹤酱的原料浓口酱油以"新桶初榨"的名义出售，它的成本价包括桶的价格，这样就可以更快地回本。即便如此，折旧期是十年，按照这个方法计算，仍然不能收回成本。

"我们的问题不在于能否折旧，而是根本没办法。我们现在能够造酱油，多亏祖先造了好桶啊。"

山本带领我参观山六酱油的酱油窖。酱油窖里的空气很沉稳，各装着5700多升酱油的酱油桶摆在一起，这风景中蕴含着不断积累的时间。酱油窖的柱子、横梁、天花板和墙壁就像长了青苔一样黑，其实都是因为上面紧密附着的菌丝。

"这个酱油窖不能全部更换，有一半附在酱油窖里的细菌被移走了，还能靠剩下的一半修复。木桶也一样，刚做好的不能立刻用，要先让细菌附着在上面。大家经常说用木桶发酵的时候，每一个木桶的状态不一样，很麻烦，但是用木桶做的酱油才好吃。尽管这还没有科学依据。"

"没有科学依据?"

"嗯。可以通过测量氮含量来计算酱油的鲜味成分,但是木桶酿酱油和缸酿酱油的氮含量区别不大,味道却完全不一样。"

我爬上梯子,从桶边窥视桶内。附着的细菌使得地面很滑,因此一定要注意。山本说:"我不相信酿造学。我曾经学过它,但是学问和酿造现场完全不一样。所以我不会在用桨搅拌酱醪上花时间,只是边混入空气边搅拌,我们适合这种制作方法。我首先进行假设,之后慢慢变更制作方法,不断尝试。因此我们的做法和前人完全不一样。"

不是只遵守传统,而是彻底搞清楚为什么要这么做。山本不仅通过分析成分把握数值,也相信自己的感觉。如果对酱油进行数值分析,可以得出一定的数据,但是味道的好坏无法用数字测量。

"木制酱油桶出现在江户初期,其他国家没有这样的木桶。欧洲的威士忌虽然也是用木桶酿的,但是造大型木桶的只有日本。并且这种木桶也快从日本消失了。"

山本为此感到愤愤不平,但他改变了这种趋势。"木桶复活计划"取得了极大反响,木桶产生了超越山六酱油窖的人际关系,有许多酱油窖为了学习木桶的修理方法,前来拜访山六酱油。

"我们确实赚不到钱,但是并非没有胜算。木桶酿的酱油目前只有酱油市场1%的占有率,比起互相竞争,还是拥有2%的占有率更简单。外国现在开始关注和食,人们对木桶酱油的需求渐渐提高。就算日本的顾客减少了,还有外国的顾客。原本只在本地消费的酱油的市场会因此扩大。现在的酱油业界确实低迷不振,但是也正刚刚进入成长周期。"

为了延续到下一个一百年,酱油世界才刚开始努力。

山本认真地说:"我和你讲啊,我们今年榨了用新桶酿的酱油,榨出来的酱油好吃得不得了。不愧是我们自己做的桶,也许细菌也和我们心意相通吧。"

细菌和微生物真的了解人们的心情吗?我不知道。但是参观酱油窖之后,我似乎变得相信了。我们平时快要忘了这些看不见的东西,但是酱油的酿造过程告诉我,世上还存在着我们看不见的、重要的东西。

第二章

高汤——日本人究竟从哪里来？

出汁、日本人はどこから来たのか

将一千三百年前的味道带到现代

〈潮鲣〉西伊豆 Kanesa 鲣鱼干商店

我一直有个疑问,日本人为什么这么喜欢高汤呢?日本料理的基础是昆布和鲣鱼干,为什么偏要用鲣鱼呢?

日本人对鲣鱼有种爱恋。鲣鱼干的历史悠久,可以追溯到一千三百年前的奈良时代,在伊豆、志摩和骏河等地区盛行捕捞鲣鱼,有记载表明当时甚至对"坚鱼[1]"和"煮坚鱼"征税。随着室町时代(1336—1573年)导入焙干技术,鲣鱼干的原始形态出现了。创作于1489年的《四条流包丁书》中已经出现"花鲣"这个词,它被认为指代削鲣鱼干得到的木鱼花。

复习一下课本中提到的鲣鱼干制作法。先将鲣鱼处理好,摆在煮东西用的竹网里。用不到沸点的水煮一个半到两小时后,去掉骨头。这就做出了"生鱼干"。因为它需要冷藏,所以经常

---

[1] 日文"堅魚(katsuo)",取"坚硬的鱼"意,古指鲣鱼干。"煮坚鱼"即煮后再晾晒的鱼干。

在超市的海鲜区出售。

为了提高保存期限，要去掉生鱼干中的水分。此时需要进行烟熏干燥的焙干工作，不断将生鱼干冷却再加热，这样做好的就是"荒节"（粗制鲣鱼干）。现在日本出售的木鱼花中有八成是用这种粗制鲣鱼干做的，关西人则喜欢吃去掉表皮后得到的"裸节"（精制鲣鱼干）。此外，做荞麦面高汤时用的"厚削鲣鱼片"也是荒节。

"现在卖的都是荒节，大家都不知道真正的好鲣鱼干是什么味道。"

我去位于筑地的鲣鱼干店时，经常听到人说："真正的鲣鱼干是'本枯节'。"

"枯节"是"荒节"生霉两次以上做成的鲣鱼干，特征在于味道浓郁。1699年创业的鲣鱼干老店"人字旁"（Ninben）将生霉四次以上的鲣鱼干称为"本枯节"。

枕崎、烧津等不同产地产出了各种风味的鲣鱼干，但是去超市买鲣鱼干的时候，只看包装看不出来是荒节还是枯节。

其实包装背面的原材料成分表中有"鲣鱼节"和"鲣鱼的枯节"两种标记，分别指"荒节"和"枯节"。木鱼花基本都是用荒节做的。但微妙之处在于，被称为"鲣鱼节花"的木鱼花是用枯节做的，而"鲣鱼花"则是用荒节做的。

一言以蔽之，这很难懂。

此外还有以形状区分的"本节"（将鱼身切成左右两块鱼肉和骨头后，将鱼肉的背部和腹部分开做成的鲣鱼干），与此相对的是"龟节"（用一整块鱼肉做成的鲣鱼干）。鲣鱼干的种类很多，我必须从零学起。

为了解鲣鱼干这个日本料理的"支柱"，我去拜访了位于西伊豆町田子地区、于1882年创业的Kanesa鲣鱼干商店。因为我在调查鲣鱼干的前身"坚鱼"是什么样子时，听说西伊豆的田子地区将它以"潮鲣"的形式传承至今。

沿着山路前行，可以看到大海和山丘包围着一个小小的村落。Kanesa鲣鱼干商店位于靠山的一侧，这一带有着独特的静寂气氛。

穿过Kanesa商店门口的布帘，可以看到店内摆放着使用潮鲣制作的相关制品。工厂门前挂着用稻草包裹着风干中的鲣鱼。将鲣鱼的内脏去掉，撒上盐，放进桶里熟成后风干的制品就是潮鲣。鱼穿着蓑衣的样子有种滑稽感。

我采访的那天正是年末，是做潮鲣的高峰期，工厂忙着发货。

"以前在日本，到处都有把捕到的鱼盐渍保存的文化。但是目前只在田子地区有潮鲣，是因为这里在祭祀的时候要用它。"

穿着工作服、头上缠着毛巾的副负责人芹泽安久先生如此对我说。潮鲣上挂着"纸垂"，这个词估计大家已经不熟悉了，其实我们去神社的时候经常在树上看到的、被裁成连在一起的"Z"字状的白色纸条，就是纸垂。据说因为经常打雷会让稻子丰收，所以它的形状是这样的，而且它可以辟邪。

虽然在宫城县女川地区也有将鲣鱼盐渍做成的鲣鱼干，但是那里的做法是将鱼切开之后再盐渍。相比之下，这里将一整条鲣鱼盐渍并风干，而且结合了"海之恩惠——鲣鱼"与"地之恩惠——产米的稻草"，它们与日本人的信仰相关，因此在这一点上有很大差异。

"现在最难的是保证有足够的稻草。联合收割机收的稻草不能用，只能靠人工收割来保证数量。"

芹泽为了保留残存在田子地区的潮鲣文化，在2009年7月建立了"潮鲣会"（后来改名叫"西伊豆潮鲣研究会"），他现在是研究会的会长。潮鲣在2014年被慢食协会[1]登记为"美味方舟"

---

[1] 慢食协会（Slow Food International），成立于1986年，目的是对抗日益盛行的快餐。"美味方舟（Ark of Taste）"旨在保护即将灭绝的"食物遗产"。

食材之一。

"潮鲣在每年正月被称为'正月鱼'，人们将它供奉在神棚上。以前每家每户会自己做，但是在我继承祖业的时候，大家都是来这里买了。不过鲣鱼干商店现在越来越少，西伊豆町还在做潮鲣的只剩我们和渔业协会了。"

过去，渔船的船长会将供奉在神社的潮鲣分给船员们，它也是合约的象征，代表着"吃了它的人今年也请多多照顾我"。如果不吃就代表今年不继续干了。在雇主和雇员之间请神做中介，可以让合约更牢固。

"以前只要去海上就能捕到鲣鱼，捕得多了就会变富有，少了就贫穷。潮鲣含有的盐分约为20%，不适合现在的减盐需求。如果没人吃它，这个食文化就会灭绝。"

研究会提出了几种吃法，他们制作了潮鲣薄片的真空包装制品，还有熏制的小包装潮鲣和拌饭料等。刚开始周围的人纷纷反对，说"你在干什么呢""这是不敬神啊"。潮鲣就是"神食（献给神的食物）"，如果抛开了潮鲣的这一特点，敬神的老人们很难接受。

芹泽理解他们的心情。但是随着日本家庭构造的变化，如果将一整条鱼送到家中，几乎所有人家都不知道该如何处理。

如果人们根本就不吃它,便无法向大家传达它的价值。

为了振兴当地潮鲣文化,要用潮鲣制作商品。于是他们开发出了"西伊豆潮鲣乌冬面"——把烤潮鲣、芝麻、海苔、海带、木鱼花和葱撒在刚煮好的乌冬面上,大家夸赞它很适合在酒后吃。

"大家慢慢地开始支持我了。"

芹泽的脸上露出了安心的表情。将文化保留下来不容易。无论是多好的东西,如果它不顺应时代,就会成为日常生活中不被使用的古董。结合时代保留本质并改变外在,才能让文化留下来。

我试着吃了切碎之后的烤潮鲣片,它的含盐量是20%,酱油的含盐量约为16%,因此它更咸。现代的食物中难有如此强烈的咸味。但是鲜味也在我的口中弥漫,居然想继续吃下去。

焙干的潮鲣味道接近平时的鲣鱼干。芹泽告诉我,只要将一点点放进碗里,用热水冲开就能变成汤。我将它做成茶泡饭之后,它的味道变得温和,香味飘散。据说做炒饭的时候,用它代替盐,不仅能提鲜,还可以反过来减少盐的用量。

我觉得鲣鱼真伟大,鲜味无可匹敌。但是如果比较潮鲣做的汤和鲣鱼干做的高汤,味道却完全不一样。用潮鲣做的高汤有种亚洲的风味,接近我在中国香港等地吃到的用鱼干做的汤的感觉。

现在有哪些途径可以使鲣鱼干发扬光大呢？

"还有一点，这里仍然保留着潮鲣的文化，某种程度来说因为这里是被抛弃的城镇吧。荒节在江户时代初期被发明，纪州，也就是现在的和歌山县发明的熊野节，刚开始也不在外流通，最后仍然传遍日本各地。它能传遍各地的理由应该是海啸。"

"海啸？"

"地震和海啸导致受灾的工匠迁居各地，因此将制作方法传到各地。本枯节也出现在江户时代。"

本枯节出现在土佐，也就是现在的高知县。那里离鲣鱼干的消费地大坂[1]和江户[2]很远，运输时很容易生霉，但是人们反过来利用这一点，发明了干燥的方法。人们发现通过让它生霉来分解脂肪，可以提升鲜味。

"这种做法最后由纪州的土佐与市这个人传到安房（现在的千叶县）和伊豆了。"

地名和人名混在一起有点奇怪，纪州的土佐与市在当地普及了出现在土佐的本枯节做法。与此同时，另一个人将做法传

---

1 大坂：大阪的旧称。
2 江户：东京的旧称。

播到萨摩，就有了后来的"三大名产"——土佐节、萨摩节和伊豆节。西有土佐和萨摩，而伊豆是东日本鲣鱼干的一大产地。

"我们的田子节是伊豆节的基础，这里曾经是江户消费的鲣鱼干的主产地。但是运输从海运变成了陆运，因此渐渐衰败了。这里以前有四十家生产鲣鱼干的店，现在只剩三家了。鲣鱼渔船也没了。"

Kanesa鲣鱼干商店至今坚守"手火山式焙干法"这种过去的制作方法。

手火山式焙干法就是在鱼下面烧柴，用明火的高温焙干的方法。一共有六个炉子，但是它们的洞的深浅不一，需要通过调整位置来调整焙干状态。因为使用明火，所以很容易烤焦，工匠们必须一心一意工作，而且要焙干十到十五次。"田子地区有海，旁边就是山，因此地理条件很适合制作鲣鱼干。而且有规矩，一定要用本地产的木柴。有橡树、麻栎树、枹栎树、樱树，我们把它们混合在一起进行焙干。"

伊豆的山是人们看护着的山。之前提到过，如果不一直看护造林的山，山的蓄水能力会下降，下大雨的时候会导致水土流失，破坏海洋的生态平衡。

"我认为使用本地的木柴这个规矩，是守护山林的智慧。为了制作鲣鱼干，要从山里砍柴、看护山林，山林健康才能捕到鱼，然后用鱼做肥料再回归山林……它制造了这样的循环。"

之后要将焙干好的荒节移到密闭空间中，让它生霉。一般的制作方法是将荒节放在竹笼里生霉，但是 Kanesa 鲣鱼干商店使用圆形木桶。经过两到三周，将生霉的鲣鱼干放在阳光下晒干，之后去掉霉菌部分，然后再进行一遍上述生霉过程。土佐式的制作方法原本只需生霉一次，但是伊豆为了追求味道，至少要让鲣鱼干生霉三次。田子地区为了做出更美味的鲣鱼干，在明治三十到四十年代制作了生霉四到六次的伊豆节的本枯节。明治 40 年也就是 1907 年，在筑地市场被视为珍宝的本枯节的历史只有一百多年，意外地短。

田子地区在创造出本枯节的制作方法之后渐渐衰败，但是伊豆节被传到对岸的烧津地区，变成烧津节后得到发展。烧津地区有烧津港，便于获取原材料。而且烧津将从田子学来的制作方式机械化，应用在大量生产之中。东海道本线的开通也促使它得到进一步发展。

现在制作鲣鱼干的商家一般令其生霉三至四次，但是制作伊豆田子节的 Kanesa 鲣鱼干商店则是六到七次。鲣鱼干每生霉一次需要半个多月的额外时间，因此生产效率很低。正因为西伊豆田子地区被发展所抛弃，所以才能保留这种制作方法。

做高汤时，我试着放了以手火山式焙干法制作的本枯节。它的味道比我平时用的枕崎产本枯节更丰富。这是在江户时代便得到人们喜爱的味道，与酱油也很相称。

"现在伐木工越来越少，越来越难获得木柴了。以前这后面的山上还有大片阔叶林，特别漂亮……现在削鲣鱼干做高汤的家庭也越来越少了。"

这不只是消极的话而已。社会在向两极化发展，"人字旁"的高津社长说，现在购买高级鲣鱼干的顾客在增加，木鱼花则主要靠网络贩卖。社会急剧变化，文化在其中会以怎样的形态保留下去呢？

我走出建筑回头望时，看到了伊豆一望无际的山。森林广袤，郁郁苍苍，周围一如既往地宁静，这氛围就像刚刚进入神社时感受到的充满紧张感的寂静。我在日本的繁华街道上散步时，偶尔会发现角落里留有普通神社和供奉稻荷神的神社，令人十分惊讶。我想，也许并非因为田子地区被发展抛弃，所以才能保留自古以来的鲣鱼干制作方法；而是因为无论地区如何发展，人们总会守护传统的做法吧。

从日本到世界

〈鲣鱼干〉烧津 新丸正

> 当太阳倾泻在烧津这个古老的渔港时,它便为我们展示出中间色的无法形容的独特魅力。这时的小镇如同蜥蜴一样,也换上了暗淡的色调,与它所面对的荒凉灰色海岸融为一体,沿着小小的汇入海洋的河流弯曲分布。

这是小泉八云所著旅途纪行文章《在烧津》的开头部分。站在烧津港的防波堤上望向陆地,可以一眼看尽小镇全景。能看到灰色的瓦制屋顶和被风雨吹打的木质房屋,还有表明此地是寺院的松树林。回头看看大海,没有尽头的水平线不断延伸,左手边是宛如幻象、仿佛有神灵栖息的富士山的身影。八云每年盂兰盆节(八云将其描写为死者的祭典)时住在烧津,他写下了描写此地风景的秀丽文章。

可惜现在的烧津只不过是诸多地方城镇之一。路边排列着俗气的商店，客人都被大型商店抢走，小商店街人迹罕至。

但是在烧津港捕鱼的光景，其他地方绝对见不到。

烧津港的鲣鱼捕获量位居日本第一。在这里捕获的鲣鱼会成为鲣鱼干的原材料。现在鲣鱼干生产量最多的地区是鹿儿岛县的枕崎，接下来是指宿市的山川，然后就是烧津了。在2015年，这三个地方几乎生产了日本所有的鲣鱼干。与鹿儿岛相比，烧津地区主要制作荒节，这体现了它的存在感。

我来到烧津是为了参观制作鲣鱼干的工厂。不巧那天偏是雨天，但我们仍然造访了新丸正股份有限公司的鲣鱼干工厂。

鲣鱼干业界又细分为制作原料的"鲣鱼干制作业"和制作木鱼花商品的"木鱼花制作业"。例如之前提到的日本桥的老店"人字旁"就是制作木鱼花的公司，原材料鲣鱼干由合作的工厂送来。新丸正是少有的从制作鲣鱼干到商品化全部经营的公司。

令人印象深刻的布制看板装饰在面向普通顾客的商店门前，公司楼旁是工厂，有一股鲣鱼干的香味从那里飘来。我在公司会议室的角落采访了常务执行董事柴田一范先生。

"我觉得从制作到商品化全部都经营的公司很少啊。"

"是啊。我们公司是从现在的久野社长的祖父创办的木鱼花厂、鲣鱼干商店发展起来的，后来将公司经营范围扩展到了鲣鱼干原材料制作。"

"也就是说从产业下游到上游扩展了事业。产品主要面向商用吗？"

"是的。我们在2009年设立了'坚鱼屋'这个自有品牌，开始面向普通消费者贩卖商品，但是商用的比例占了九成。我们为制作面汁和带高汤的味噌等的商用顾客生产商品时，会调整制作方法，只有从原材料开始生产才能做到这一点。"

"是从鲣鱼干的做法就开始调整吗？"

"是的。比如最近出现了很多和风方便面，需要做出刚一倒入热水就会传出香味的产品。还有带高汤的味噌，要将产品做得偏白色，我们会一个个考虑并制作。我们不会用添加剂，而是通过改变冷冻送来的鲣鱼的解冻温度，控制肌苷分解使得味道的层次变强、鲜味提升，如此调整鲜味成分的构成。"

控制解冻温度居然能改变鲜味和味道层次，我很惊讶。

"听说冷冻鲣鱼的价格涨了，请问这有什么影响吗？"

"影响非常大。鲣鱼干的成本价里有百分之八十是原材料费，剩下的百分之二十是加工费、燃料费和人工费用等。因此原材料价格的影响非常大。虽然木鱼花原料的价格可以结合状况浮动,但是给零售店提供的木鱼花的价格不能变动。"

他带领我参观鲣鱼干工厂。据说"世界上最有影响力的一百个人"之一,纽约的厨师张锡镐(David Chang)也曾经来这家工厂学习鲣鱼干的相关知识。

"那个人甚至走进了焙干室,只为确认熏制的味道。还没有日本人能做到这一点。"柴田苦笑着说。

新丸正也是一家致力于面向海外发展的公司。

"以前绝大多数外国人对鲣鱼干的第一反应是有股鱼腥味,但是现在让他们尝一尝,就会说真好吃,真好吃。"

新丸正不仅在美国市场取得了成功,目前也计划面向规定严格的欧洲出口商品。与美国相比面向欧洲的商品的门槛高,是因为对熏制过程中生成的苯丙芘这一化合物的基准比例不同。鲣鱼干同样适用烟熏三文鱼的每百克含量基准,这对水分极少且轻的鲣鱼干来说很不利,只要附着一点点煤烟和烤焦的部分,就会变得不符合要求。

在出口的时候,美国只需要工厂满足 HACCP[1] 系统的要求

---

[1] Hazard analysis and critical control points,直译为"危害分析与关键控制点",是一种防御食品加工过程导致的生物、化学等方面危害,降低食品安全风险的监管体系。日本据此出台了《综合卫生管理制造过程》。

就可以合格，但是欧盟要求船、港口、冷藏库、工厂分别满足各自的要求，否则无法出口。新丸正与烧津市内的加工业从业者一起开发了苯丙芘含量低的鲣鱼干，打开了产品前往欧洲的大门。

鲣鱼干业界中有许多公司从江户时代一直经营至今，但是新丸正从创业到现在只有八十二年，是一家比较年轻的公司。也许正是因此，他们才有了敢于挑战海外市场的公司风格。

制作鲣鱼干的第一步是处理流水解冻的鲣鱼，将它切开。年轻的员工们用形状特殊的刀，熟练地将鱼分成几个部分。鱼腥味没有想象的那么重。也许因为鲣鱼在船上就被冻好，还很新鲜吧。

"靠人工完成这个工作步骤，也有传承技术的深意。在远处工作的那个男孩虽然进公司只有一年，但是他这样的年轻人能从事这个工作并且将技法牢记于心，还是很令人欣慰的。"

切好的鲣鱼会被摆在蒸笼里。为了防止煮熟的时候蒸笼碰到鱼身划伤它，工匠会用鱼的背骨来进行防护，工作细致入微。因为这个步骤会直接影响产品的形状，所以工匠操作得十分谨慎。

下一步是在水中去除煮好的鲣鱼的鱼刺。为了保护柔软的鱼身不会破裂并从中拔出鱼刺，这个步骤只能手工完成。制作本枯节的时候如果鱼肉上有伤，霉菌就会钻进去，所以要用从骨头上挑出的肉做成糊填进缝隙，进一步整理形状。

蒸熟、杀菌之后，就进入焙干的步骤。

焙干步骤使用烧津式干燥机。它的热源位于一侧，从那里向焙干库中送入烟雾，所以第一次干燥时要使用略高的温度。过几个小时后将鲣鱼从干燥机里拿出来。焙干库内左右部分的温度不一样，这是为了使水分稳定蒸发。之后将温度稍微下调，再次将鲣鱼放进干燥机中，需要结合鲣鱼的大小不断重复这个流程。

我有幸品尝了这个阶段的鲣鱼。它的口感就像软牛肉干一样，并且已经有了浓郁的鲜味。

"很好吃吧。鲣鱼本身就是非常好吃的鱼。"

我点点头。如果在做成鲣鱼干之前不够好吃，就不可能做出高质量的产品。下一步是把鲣鱼干放在名叫"急燥库"的焙干机中烟熏烘干。它的下面有木柴，通过直火焙干，烟雾和热量可以让烟熏味更浓厚。

工作人员们在热得令我不敢靠近的地方工作。烟熏的香味飘散在四周，鲣鱼干的味道要靠燃烧的火焰和烟雾做出来。柴田向我展示了木柴,都是很好的木头。

"你们用的木头真好。"

"这是国产的橡木,它成本很高,仅次于人工费用。"

柴田向我展示做好的荒节,并将它切开,我看到横截面呈红褐色,就像红宝石一样。

制作木鱼花的工厂不在这个做鲣鱼干的楼里,在另一处。制作木鱼花的环境很干净,削木鱼花的不同技术可以让鲣鱼干呈现不一样的味道,这是鲣鱼干的有趣之处。

"以前还没有袋装木鱼花的时候,各家都自己削每天要用的木鱼花。这个习俗应该是在昭和四十年代(1965—1974年)末消失的。取而代之的是'人字旁'开发的袋装木鱼花,并且他们为了业界发展,把技术公开了。我们为应对大众对木鱼花的需求,开发出的商品是'骏河吹雪'。"

木鱼花"骏河吹雪"是削得比较厚的本枯节,它的特征是入口即化,它也是新丸正公司的代表产品。对我来说,它的味道很像我小时候吃到的木鱼花味道,如果放在茶泡饭上吃,又有另一番风味。

但是应该选荒节还是本枯节?筑地的鲣鱼干商店说"本枯节做的高汤最好",是真的吗?

"某种意义上说，枯节就是把荒节的表面削掉再让它生霉形成的东西，烟熏味不重，味道的冲击性较弱。所以我认为做味噌的时候选用荒节会更好吃，但是枯节做出来的汤的味道更纯粹。有年轻人说自己喜欢荒节的有冲击力的香味，到了我这种年纪的人会理解枯节的鲜味……我认为这要看大家的喜好。"

"我以前觉得高级的枯节更好吃，但是似乎不是这样啊。"

"是啊，最重要的是使用方法。也许这就是我们业界想不遗余力地向大家传达的部分吧。"

高价的本枯节在关东地区受到欢迎，荒节做的高汤以大阪等西日本地区为中心得到大家喜爱。荒节没有经历霉菌分解脂肪和氨基酸的步骤，所以鲜味不够。但是大阪人习惯将它和昆布高汤一起用，因此他们适合吃有香味的荒节吧。回顾历史也可知，并不是只有本枯节才是正品，荒节不如它。由此理所应当会导出结论，重要的其实是用法。

高汤并非越浓越好，家庭料理做的味噌汤等，需要味道淡的高汤来凸显味噌的味道，而且有观点认为料理店的高汤味道越淡越好。日本人是从什么时候开始追求浓厚鲜味的？虽然没有切实依据，但我认为改变日本人味觉的，应该是在1970年由味之素公司发售的速食汤料"本高汤"。虽然有其他公司在东京举办奥运会的1964年发售了和风高汤汤料，但是易溶且不结块的"本高汤"的出现简直是一场革命。

速食高汤是以鲣鱼干粉末为基础，加上调味香精、鲜味调料、糖和盐制成的东西，它被渐渐变得忙碌的日本人广泛接受。"本高汤"发售之后，销量一路飙升，取得了一半以上的汤料市场。

二十世纪八十年代的日本家庭料理，大多依赖于以"本高汤"为代表的颗粒高汤。颗粒高汤虽然有好处，但是绝大多数产品的鲜味浓厚，缺乏后味。没时间的时候用它很方便，但是它的味道依然比不上用原材料熬制的高汤。

"最近袋装高汤的销量特别好。虽然速溶高汤也不错，但是有越来越多的消费者开始追求自然的味道。"

确实，民众最近开始关注高汤了。也许大家渐渐地开始重新认识祖先为我们传下来的好东西。

一定要注意，并不是本枯节是真的，荒节是假的，而且使用速溶高汤也没有对错之分。它们各有各的美味，只是用法不同，并且各个时代对美味的认知也在变化。

"现在是中午，应该能看到收获鲣鱼的样子。"

我离开公司，前往烧津港，看见大型的捕鱼船向陆地抛下大量冷冻鲣鱼，发出巨响。

鲣鱼在 −20℃的环境被冷冻，又在 −50℃的环境中被运来，它们产自密克罗尼西亚和巴布亚新几内亚海域。以前人们曾经用近海的鲣鱼加工鲣鱼干，但是脂肪太多的鱼并不好用，反而是从南边的海里捕获的鲣鱼特别合适。

吃的人不知道，鲣鱼干是用从那么远的地方捕来的鲣鱼做的。但是品尝高汤时不仅能感受到美味，还能感受到一丝怀恋。

> 从不知名的，遥远小岛，缓缓漂来，一个椰子。

看到乘着日本暖流，从南洋诸岛游来日本近海的鲣鱼，我想起岛崎藤村写下的这首诗。这首诗的灵感来源是 1898 年，柳田国男在爱知县的伊良湖岬尽头发现的一个椰子。柳田看着乘着日本暖流漂来的椰子，心想日本人可能也是从遥远的南方漂洋过海来到日本列岛的吧。

三万八千年前的日本人究竟从何而来，至今仍是未解之谜。我们能从鲣鱼干的味道中尝出一丝怀恋，也许是因为它唤醒了我们从南方岛屿来到这里的记忆。

为什么日本人这么喜欢鲣鱼呢？我想是因为它们就在近旁

支撑着我们的日常生活,而现在这些沿着日本暖流北上的鲣鱼的身影更与我们自己重合在了一起。

不知何时,从早上开始下的雨停了,一股舒心的海风吹向烧津港。

昆布与日本人

〈昆布〉福井县 奥井海生堂

过去，在综合商场开业或者百货店新装开业的时候，主打商品总是外国品牌。东京的汐留在修建时参考了意大利的街区，构造颇为奇妙，在城镇再度开发的时候引入外国风情，是吸引人们关注的常用手段。

可是这十年完全变了。在2004年之后开业的COREDO日本桥商场和东京中城（TOKYO MIDTOWN）购物中心，都是以和风为卖点的建筑。2014年，新装开业的COREDO室町商场中，卖生活道具的日本桥木屋、鲣鱼干老字号商店"人字旁"、做漆器的山田平安堂和福井县的老字号昆布商店奥井海生堂等都开设了店铺。我们刚刚开始重新认识日本的文化。

日本的高汤，基础就是鲣鱼干和昆布。为进一步了解昆布，我采访了奥井海生堂的社长奥井隆先生。

现在昆布能够得到世间瞩目，奥井先生是最大的功臣。虽然在关西和冲绳都有食用昆布的文化，但是昆布的产地主要是北海道。奥井海生堂之所以设立在福井县，与地理位置有关。

"昆布能够在大阪和京都出售，是因为北海道和大阪之间有了北前船[1]航路，可以来往交易物资。敦贺是北前船唯一的中转站，也是交通要道。"

奥井海生堂是位于福井县敦贺的老字号昆布商店，在敦贺的昆布经销商中历史最悠久。奥井海生堂一直是曹洞宗大本山永平寺、大本山总持寺的长老们专用的昆布供应商，并以此闻名。这家的昆布在美食专家的圈子里很有名，其顾客都常常出入以菊乃井为首的诸多位于京都的高级料理店。

但是奥井海生堂的发展之路并不平坦。

"据说二战前生意很好，但是在敦贺空袭中我们的昆布仓库和其他的家产全都没了。父亲考虑过不做了，但是多亏永平寺的人和其他业界人士的帮助，得以重新开始。"

在战后，再度出发的奥井海生堂不得不面对急剧变化的环境。随着生活方式的改变，昆布的需求量下降了，而且高汤汤

---

[1] 活跃在江户时代到明治时代的商船，并非运货，而是由船主自己买卖货物。京都、大阪的人将北陆和日本海沿岸的北国地区称为"北前"，因此将运来北国物资的船称为"北前船"。

料的普及给他们带来了进一步冲击。

"我们现在为味之素进行鲜味的研究,并且帮助他们走向世界,虽然相处融洽,但是当时最先感受到的是危机感。现在听起来像是笑话,我刚加入公司没几年时,味之素公司赞助的纪录片摄制组来采访,我问他们'是什么题材的纪录片啊',他们说主题是'即将消失的行业'。父亲听了大发雷霆,当时心里真是苦啊。"奥井苦笑着说。

如果继续这么下去销售途径无法扩展,只会越做越艰难,因此奥井决定在东京开店。在二十世纪八十年代,大分县知事平松守彦发起发掘各地特产的"一村一品运动",并且成为话题,从此百货店开始举办各地商品的销售会。

"虽然父亲不同意,但是如果只守着旧业,将来很难发展。不过我刚到东京的时候和其他人聊生意,全部失败了。"

俗话说"东京的鲣鱼干,西边的昆布",这是真的。奥井想去筑地的昆布商店拜访时被拒绝了:"在东京,昆布根本卖不出去,还是算了吧。"

> 从古至今,东京人都不知道昆布是什么味道,也不知道昆布高汤是什么味道,因此从不用昆布。很多商家的昆

布在东京都卖不出去。说句不好听的,东京人的舌头非常没有品位。(《昆布的真相》)

北大路鲁山人曾经这么写过,看来就算到了昭和五十年代(1975—1984年),这种状况也没有得到改变。现在昆布高汤在东京很常见,当时却是"卖不出去的食材"的代名词。

稍稍改变的契机是三浦屋的采购员提出的建议:大昆布卖不出去,切小一点比较好。

这个建议从结果来看是对的,但是对于昆布商店来说是个极难的决定。奥井的父亲强烈反对:昆布是向神供奉的食物之一,如果切开来出售,真是难以原谅。但是奥井为了在东京推广昆布文化,于是将昆布切开放进小袋子里出售。"东京确实没有昆布文化,顾客甚至会先问我应该怎么用,此外被问到最多的问题就是'这昆布是在敦贺采的吗'。我心想一定要更了解昆布相关的知识,同时也注意到了接待顾客的重要性。"

过了不久,西武百货店的采购员就发现了奥井的昆布,邀请他在地方活动上作为永平寺御用的昆布商店出展,昆布得以在东京慢慢普及。

东京没有普遍使用昆布的原因之一是水的差异。日本的水几乎都是软水，但是与京都相比，东京的水受富含火山灰的关东壤土层的影响，硬度略高。硬水很难让鱼和昆布出味。

"京都的菊乃井在东京的赤坂开店的时候，让我们送'和以前一样的昆布'去，我们就送了。但是他们收货后却斥责我说，'味道和本店的不一样，请送同等级别的昆布来'。可是我们送的昆布一样呀。他们在检查之后，发现是水的问题。从此菊乃井每天早上从京都运水来东京。"

与之相对的是，如果在关东和关西用同量的同种鲣鱼干做高汤，关西的高汤会发出一股腥味。依据地域细微调整用量很重要，但还是关西人更了解用昆布做高汤的方法。

讲个题外话，关西人对昆布的热情无可匹敌。大阪的昆布商店"昆布土居"制作并销售昆布的浓缩高汤"十倍出汁"。不使用任何化学调料和香精，非常好吃，如果有机会希望大家能看看背面的成分表。

原材料名一栏内容如下，连重量都写了：天然真昆布（北海道函馆市白口滨）30克、鲣鱼枯节（鹿儿岛县指宿市山川）29克、完全天日盐（高知县幡多郡黑潮町）5克。

我曾经采访过其第三代当家土居成吉先生，他对此评论道：

"列成分表和扫地一样,无论是谁都能做到。"

我心想原来如此,但如果对原材料没有足够的自信,就不会这么做。

说回奥井海生堂。

"那时候我甚至去北海道参观了昆布的生产地。昆布的质量依海湾的差异而不同,比如海湾的西边和东边产的昆布的性质完全不一样。父亲经常教导我'昆布好不好,要看山'。它就像红酒一样,土地不同味道也不同。好比罗曼尼康帝,只有特定区域才能产出高品质的产品。"

昆布中有以浓厚风味为特征的罗臼昆布、最适合做高汤的利尻昆布、类似利尻但味道更高级的真昆布,还有除做高汤外也适合做昆布卷、与蔬菜一起煮或直接吃的日高昆布。依据收获年份不同,其风味特征会有变化。

奥井在1992年重建了在空袭中烧毁的仓库,使"藏围昆布"重现。"藏围"是通过放置,去除昆布的海腥味、杂味和黏液的制作技法,是敦贺的传统技术。在熟成过程中,昆布的香味成分会发生变化。多糖质(黏液)会被分解,并与内部的氨基酸结合,产生香气明显的甜味。

用经过十年以上熟成的昆布做的高汤的颜色是淡琥珀色，简直就像红酒一样。

"只有高质量的昆布才经得住藏围技法，因为其中会出现损耗。考虑到生意，这也许不是好的制作方法，但是我们想提供真正质量上乘的昆布，因此必须这么做。"

在收获日要靠自然晾晒使昆布干燥，而且如果不是高质量的昆布，就无法经受熟成过程。

藏围昆布的经营风险很高，他们有多年的高价昆布存货，而且天气不好可能会导致昆布发霉，商品价值就要归零。因此奥井没有使用过去的土制仓库，而选择使用可以自动调整温度湿度等仓库内环境的现代设备，之前几乎没有人留意过这种现代设备。昆布在熟成时被稻草编的席子覆盖，因为昆布是会呼吸的生物，所以在熟成时最适合用稻草席子。一般来说，藏围昆布至少要在仓库中熟成一年，长一些的要两到三年。奥井通过融合传统技法和现代技术，重现了藏围昆布。

"最可怕的是烟，因为昆布会呼吸，小火星产生的烟就能让它变得没法用。"

没有想到，藏围昆布在1992年才复活，距今时隔并不远。现在的日本料理的味道比以前更丰富，并且奥井海生堂也终于名扬海外。

"一个契机是在2006年,内阁府'日本品牌推进委员会'邀请我们去巴黎日本文化会馆演讲。我发表了题为'昆布的文化和历史'的演讲,之后在场的法国人试吃了我们的产品。我非常担心他们能不能接受,幸好大家都很喜欢。"

曾有一段时间,有"外国人无法接受昆布高汤的味道"的说法,不过这是很久以前的状况了。之所以会有这种传言,也许是由于外国市场上曾经流通的是品质低劣的昆布,而现在法国、英国、北欧国家和美国的厨师已经普遍开始使用昆布了。

2002年,大学的研究者们通过实验发现,如果想最大限度提取昆布的鲜味成分谷氨酸,用60℃的水加热一小时的效果最好。鲣鱼干的鲜味成分则要使用85℃的水迅速提取。以前做高汤的常见方法是将昆布和水放进锅里,慢慢加热,在沸腾前取出昆布后放入鲣鱼干,等再次沸腾后关火。这次的研究成果让我们重新认识了煮高汤的方法。

一般家庭可以将昆布泡在水里,在冰箱里放三小时到一整晚。之后将水加热、再加入鲣鱼干,很快就可以做出高汤。做法本身与速食差异不大。

"世上虽然有许多种海藻和海带类植物,但是我们的利尻、罗臼和日高昆布只在北海道附近生长。因此如果它们消失了，就不会有替代品，我在这方面很有危机感。"

随着全球变暖和海水温度上升，我对昆布的未来感到不安。但是奥井让我尝了昆布后，我似乎更加理解了这个有山有海的岛国——日本。

"外国人对昆布的文化和历史有兴趣。昆布的寿命只有两年，而后它会消失在大海中。而日本人想要将如此转瞬即逝的生物保留在自己的味觉里，并以此来守护日本的食文化。"

第三章 海与日本人

在东北吃牡蛎

〈牡蛎〉宫城县 奥松岛水产

几年前,我在表参道的餐厅吃到了来日本工作的北欧厨师做的料理。鱼料理中挪威产扇贝的味道令我感到惊讶。据说是生长了四年的扇贝,它的海鲜味浓郁,而且肉质紧实。

"这扇贝的品质真好啊。"我说。

来到餐桌旁的厨师告诉我它之所以美味的理由:"因为挪威的海水温度较低,而且作为食物的浮游生物很少,所以扇贝的成长速度很慢。因此,它的肌理变得细腻紧实。"

北欧水域的牡蛎也在这种环境下缓慢生长,所以味道很浓厚。这味道同样留在了我的心里。

日本水产的品质曾经在世界范围内首屈一指,但是很遗憾现在不能这么说了。日本近海的水产资源枯竭状况加重,大家知道蓝鳍金枪鱼即将灭绝,但是超市冷藏柜中依然在出售金枪鱼刺身,蓝鳍金枪鱼的幼鱼仍在被捕捞。现在甚至需要担心远东多线鱼和鲭鱼等常见鱼的资源数量，鲣鱼的未来也不容乐观。

最近吃不到好吃的鲭鱼，理由很简单，人们在它长大之前就将它捞起来了。

铫子地区将每条七百克以上的鲭鱼称为"超高级鲭鱼"，并将其种类化。长大的鲭鱼的味道确实非常好吃。其实可以只吃这种大鲭鱼，但是为了捕鱼量，人们几乎只捕捉还没长大、没有产卵的鲭鱼。捕捞没有产卵的鲭鱼，自然导致了鱼群数量减少。

现在出现在超市里的，大多是水产资源管理完善的挪威生产的鲭鱼。消费者选择挪威产鲭鱼的理由并不是挪威水产资源管理严格，但是因为管理严格，所以那里产出的大鲭鱼很好吃。

2012年和2013年，任职于日本雅虎公司复兴支援室的长谷川琢也邀请我一同参观了位于东北地区的牡蛎养殖场。

2011年发生了东日本大地震，雅虎公司以此为契机在宫城县石卷市设立了事务所，让员工常驻那里。员工们在干净又明亮的办公室里工作，他们以购物网站"复兴百货超市"（现为"东北地区援助超市"）为中心，在当地开展商业活动。

长谷川看上去是个有些风流的小哥，但是他为了三陆地区[1]

1　三陆地区：包括青森县、岩手县，以及宫城县和秋田县的部分地区。

的渔业复兴，和当地渔民同甘共苦、共同开发新事业，是个有热情、有志向的人，很熟悉当地的事情。

从公司开车约一小时，大海的粼粼波光就出现在了视野中。

我们拜访的第一家公司是东松岛上的奥松岛水产。从公司可以望见远处山峦的舒缓的山脊线。三陆近海地区的海岸线上有无数海岬与汇入大海的河流，我们拜访的时候，这里仍残留着地震的痕迹。

"'北海道的牡蛎价格很高吧。'这话总说得我哑口无言。以前我在北海道等地卖的都是自己捕捞的牡蛎。如今在北海道养一阵子就可以变成品种，比如厚岸町的牡蛎。说是北海道养的牡蛎，我却一直存有疑问。"奥松岛水产的第三代当家阿部晃也先生对我们说。

在超市可以看到写着"宫城县产"的牡蛎，它们经过渔业协会的合作设施出货，看不出养殖地的区别。奥松岛水产有自己的加工厂，所以可以自己发货，他们以自己的牡蛎为豪。

"这片海的营养太丰富了。"

营养太丰富？

宫城县的牡蛎养殖家畠山重笃以"森林是大海的恋人"运动而世界闻名。由于赤潮发生，牡蛎养殖陷入了困境，畠山由此开始关注河川与森林,并在1989年开展植树运动。他认为阔叶树落叶形成的腐叶土中含有的腐殖酸铁可以促进海中浮游生物的生长,所以健康的大海需要森林做伴。

我在书中看过这些知识,也在新闻媒体里看到过,虽然心想"营养丰富的海可以产出好吃的牡蛎",但是似乎并没有这么简单。

"养牡蛎要靠它所成长的海域。比如海湾内部营养丰富,水流快的地方的营养少。所以牡蛎成长到一定大小之后,我们会把它放到水流快的地方,故意让它的肉质变紧实。这样才能养出好牡蛎。"

在水流快的地方,为了避免被冲走,几个牡蛎会紧贴在一起。密集的一个个牡蛎得到的营养减少,就会缓慢成长。这个步骤被养殖户们称为"抑制",是将牡蛎送到营养少的海域,又把它从海里拿出来晒太阳的"斯巴达式"养牡蛎法。在此期间,每个养殖户的做法不一样,但是绝大多数人会提及一点:"在出货之前再把它移到海湾内部,养肥它。"

原来如此。挪威的养殖法完全依靠环境造就美味,但是在日本必须依靠人的技术让它变得好吃。日本牡蛎的味道靠人造。

我吃了一个刚打开的牡蛎。咬一口,清冽的鲜味在口中扩散,苦味很少，有种淡淡的甜味。我觉得这牡蛎的味道绝对不比挪威的差。

我离开东松岛，经过万石浦，前往女川。女川位于海岸线极为曲折的牡鹿半岛一端，河流平静地汇入海湾。我一下车就看到冬季深绿色的山峰连缀在两侧，像湖泊一样水波平稳的大海在眼前展开。

丸金股份有限公司的铃木真悟先生带领我乘船。丸金从明治时期开始在这里养殖牡蛎，1977年成为当地第一家养殖银鲑的公司，这现在是女川的一大产业。从2017年开始，丸金为了可持续养殖进行了改组，目标是取得水产养殖管理委员会（ASC）的认证。铃木是一位有水产业可持续发展意识的年轻领导。

"虽然女川汇入这里，但是量很小，所以没有影响。我们身处半岛海湾的深处，感觉上更接近'干净的外海'吧。"

我到达渔场，拉起吊绳，发现上面连着的贝类居然紧紧地粘在一起，成了大黑块。将它敲碎，就能看见里面的牡蛎。我沿着贝壳边吸牡蛎肉，它的味道有些咸，还有带着清凉感的微微的苦味。

"其实到了春天，它会变得更大更好吃。但一般人认为在做火锅的时候需要它，所以还是在冬天卖得最好。"

我一直以为牡蛎最好吃的季节是冬天，其实是把真正当令的季节搞错了。后来到了春暖花开的时候，我又吃了一次牡蛎，终于明白了养殖者的话。

之后我去拜访位于南三陆的渔业协会并住了一晚，第二天去了气仙沼的唐桑和岩手县的广田湾。气仙沼产的牡蛎有养殖者喜欢的清淡味道，广田湾的牡蛎则油脂味浓厚，在大地震发生前曾在筑地市场高价出售。

"不同的海域会孕育出不同味道的牡蛎"，这是真的。牡蛎的品种一样，但是味道却不同。个体之间虽然有差异，但是盐味、鲜味、脂肪含量和苦味的比例全部不一样。

我唯一能确定的是，东北的牡蛎越来越好吃了。而其中的缘由，我认为是受了大地震的影响。

"确实，牡蛎的生长发育情况比以前好了，"某位牡蛎生产商告诉我，"这是因为震灾后生产商减少了。以前有许多生产商争夺地盘养牡蛎。如果一起出货，就只能靠产量决定价格，所以生产商当时只想增加产量。"

滨田武士在著作《渔业与震灾》中做出如下分析：泡沫经济崩坏之前，日元汇率不断上涨，来自进口产品的压力越来越大，最后导致"牡蛎生产商渐渐减少，剩下的经营者使用废弃

渔场扩大生产，使得产量得以维持或扩大"。（《渔业与震灾》，Misuzu书房）

通过以上内容可以分析出，至今为止都是商家共同出货的宫城县牡蛎，在生产时比起味道更重视数量。但是东日本大地震发生后，宫城县的牡蛎养殖形态发生变化，开始从追求数量向追求质量转变，使得品质提升。因此我们才能吃到好吃的牡蛎。

晚上，我走在石卷车站前，看到商店街的卷帘门全都放下，街上的人影稀疏，但是附近大型购物中心的停车场里却停满了车。究竟是震灾导致这里荒废，还是早就有荒废的迹象了呢？我无从判断。

这里的渔业规模一点都不大，但是渔业的作用很大。比如牡蛎可以净化海水，而且附带养鱼的防护林等可以作为景观，对渔村而言是无可替代的宝藏。

东京海洋大学的准教授胜川俊雄在著作《日本的鱼没问题吗？》中提及，应学习渔业先进国，将各渔业协会的捕鱼量指标改分摊到个体渔民，同时贯彻能提高资源管理水平和附加价值的方法，提倡创造新的水产模式。熟悉水产政策、担任亚洲成长研究所客座主席研究员的小松正之先生等人对此持相同意见。

随着东日本大地震后捕鱼量的减少，东北地区的水产资源恢复了。如果控制渔业，不用想就知道可以防止水产资源减少，这刚刚好。可是刚才引用的《渔业与震灾》的作者滨田先生对导入挪威式的捕鱼指标持否定态度。也有人认为这种观点只看到国外的好的部分，意图将对资源管理的讨论简单化。如果不将以渔业协会为中心的渔村文化放在第一位，大海就会渐渐荒废。

各方观点都有理，无法立刻得出答案。就像牡蛎养殖需要环境和人的技术这两方面一样，我想，海洋方面的资源与人力方面的资源都必不可少。

漫步在三陆地区，我开始思考。毫无疑问，日本的渔业迎来了转折点。至今为止，东北地区一直在为东京这座巨大都市生产食物，无法否认生产时存在重量不重质的情况。比如东北的海苔被用来做便利店的饭团，海藻被用来做速食味噌汤的原料。牡蛎也一样，改变牡蛎消费量减少趋势的，正是面向商家提供、为了油炸而制作的冷冻半成品牡蛎。

不过时代会变化。适应经济合理性当然重要，但是面对人口不断减少的社会现实，追求数量的时代即将终结。如果想将食物作为观光资源、吸引来自世界各地的游客，那么我们必须在日常生活中就追求美味。我们追求美味，有能力的生产者便会迎合这种需求。这是我现在的想法。

再度出海

〈海苔〉宫城县 相泽水产

有位棕色头发的年轻人正在窥视显微镜。这里不是大学的研究室,也不是电子元件的检查所,而是活动板房的搭建现场。年轻人身穿短袖,肌肉隆起,脸被晒得黝黑,怎么看都不像是学者或者研究者。

他是一名海苔渔师。

他的名字是相泽太,出生在东松岛上一个养殖海苔的家庭,他是第三代当家。

外国人经常嘲笑海苔是张黑色的纸。这形容很妙,板状海苔片正是在江户时代应用制纸技术得到的产品。时过境迁,在昭和24年(1949年),英国人德鲁女士揭开了海苔生态之谜,使之可以养殖。而养殖品种从浅草海苔改为生长更快的荒海苔等变化,则使海苔的产量不断增加。

在二十世纪八十年代,海苔业界迎来了一大转折点——便利店出现，并且开始出售饭团。由此，商用海苔的需求量开始增加。

可是人们的饮食生活发生变化，家用海苔的消费量下降，而且随着泡沫经济崩坏，礼品用海苔的需求也持续走低。商用海苔被卷入价格争夺战，价格不断下降。如此状况，导致想做海苔生意的人越来越少。

我在2012年举办的G9 Tokyo Taste展会上遇到了相泽太和他的海苔。相泽的海苔是来自东北地区的海苔之一，它的味道令我惊讶。外表干脆，入口即化，口中只余一股鲜味。我们平时在便利店买到的包饭团的海苔更硬，也不会化在口中。

它们的区别在哪里？

为了探明这个问题，在收获海苔的冬季，我前往东松岛拜访相泽家。太阳还没升起的时候，他邀请我坐上船，这是前所未有的体验。

我们在天亮前出港了。渔师们在铁皮桶里点火来取暖，然后才出港。

寒风吹得船剧烈摇晃，水花四溅。目之所及都是大海。我们沿着水平线上隐约可见的浮标行驶、停止、再行驶。如果将养殖筏架上连着的绳子提起来，就可以看见挂在网上的海苔，但是现在不是慢悠悠地观察它的时候。

这里冷得令人受不了。到底有多冷呢——飞溅到相机镜头上的水滴会立刻结冰。我拼命地避开从脚下泛上来的海水。

我们在养殖场中行驶，不断拉起筏架上的绳子进行采收，直到船上载满海苔，但是积攒的海苔导致船身渐渐下沉，阵阵寒意从脚下传来。

"这里真冷啊。"我说。

相泽却轻松地说："东松岛确实冷。"如果不耐寒，就做不了海苔渔师吧。今天采收的海苔被称为"早收海苔"，是今年的第一批海苔。之后还会进行第二次、第三次采收，之后采收的海苔会变得越来越硬。

我们趁早将收获的海苔洗干净，然后切碎。

"海苔和鲜鱼一样，必须立刻处理好，否则不好吃。"相泽如此认为。

下一步是熟成工程，通过这个步骤制作海苔片。现在的相泽虽然是东松岛上最厉害的海苔养殖家，但他以前并不想成为海苔渔师。

"我上初中和高中的时候觉得怎么可能干这个，而且朋友们也说绝对不干。"

在上高中的时候，相泽的口头禅是"真麻烦""好累啊"，然而毕业后他却前往九州的种海苔公司进修技术。在那里的半年间，从与渔业工作者合作的方法到海苔的生理学知识，他全都学了一遍。

"九州之行，对我来说像晴天霹雳一样。"

相泽第一次离开宫城县，体验了前所未有的炎热天气。他惊讶地发现那里的老人家都很精神，他们一大早出海，傍晚才回来，之后还做其他工作。相泽累得直不起腰的时候，他们会问他："你在干吗呐，该去工作啦。"

如果相泽说自己累得动不了，他们会说"没办法啊，那就休息吧"，然后回到自己的工作中。相泽对自己缺乏体力这件事感到羞愧。他心想自己在高中时代凭什么说"真麻烦"啊，这引出了他与生俱来的不服输劲头，下定决心后，他为期半年的进修期由此拉开序幕。

相泽在上学时从没在桌子前学习过，现在为了培育海苔，要熟悉它的生态，相泽拼命学习海苔的生理学乃至不同品种的基因区别。

回到老家之后，相泽自信满满，心想一定能成功，但是此时他仍面临缺乏经验这一障碍。海苔一年收获一次，干五十年也只能经历五十次采收。相泽心想，这么做没法超越比自己经验丰富的人，因此他开始分析同行成功和失败的案例。

"我收集了渔场和培育方法的资料。那段时间我感到特别懊恼，把自己船上的挡风板都敲破了三次。"

海苔播种是要靠显微镜进行的精细工作。有发芽多的种子，还有发芽少的种子……相泽要从各个品种中选出最适合当年栽培的品种。发芽量少的种子会薄薄地附着在网帘上，因此光照好、成长迅速，但是随着季节过去，收获量会渐渐减少。如果播种发芽量多的种子并让它布满网帘，就会使得光合作用难以进行，导致生长速度变慢，但是收获量却很大。

还要考虑大海的营养状况。如果营养状况好，就算是发芽量少的种子也能期待它产出不少海苔。海苔渔师要预测日照条件、降雨状况等，之后选择种子并栽培。

将种子撒进海里之后，培育海苔的方法会使成品产生极大差异。育苗阶段需要将网帘定期拉出海面进行干燥，这个步骤叫"壮苗"，可以清除网帘上的污垢，让海苔芽更强壮。此时需要通过湿度判断应该干燥到何种程度。

9月末，我们在朝霞中从船上伸出手，拉起养殖网。

海湾中漂浮着数不清的浮标，清晨的大海很平稳，夏天迎来终结，海风吹来时船上的气温微冷。

相泽说拉起网就能明白海水有多重，可以通过重量大致把握今年的海的状态。因为是内陆湾，所以台风降雨和汇入的河水不断增加，海的状况有极大变化。将所有养殖网拉上来是很重的体力活。

太阳渐渐升起，视野变得明朗。现在要用船上伸出的水管引海水洗网。这个步骤可以洗掉海藻和水垢，并且为海苔芽提供营养。如果水流太强就会把海苔芽一起冲掉，水流太弱则达不到目的。

海风在水面吹出细细的褶皱，阳光映在每一条褶皱上，闪闪发光。

"海苔不会说话，所以必须靠感觉。"

因此相泽在处理海苔的时候不戴帽子。如果不和海苔一样感受相同的日照，就不会明白海苔的感觉。

现在开始要随机应变。如果要做普通的海苔，目前这样已经足够了。但是为了做出更好吃的海苔，必须严格要求。相泽的内心在鼓励海苔，"加油啊"。干燥过度的话，海苔会死掉，但是只有经过锻炼，它们才会变成好吃的海苔。

做出决定后要一口气干到底。不久，相泽再度驾船，快速地将网抛回大海。

这个工作要连着做两周,这期间他的面前只有海苔。

相泽不断努力,终于在二十三岁那年在盐釜神社每年举办的干海苔品评会上取得银奖。这是宫城县的渔师们互相竞技的比赛,优胜者生产的海苔会被献给日本皇室。

"那只是我运气好。可是因为在品评会里得到第二名,所以我想努力做出更好的产品。到了一定年龄,就会开始注意其他地区的海苔渔师。我也会跨越海岸,和其他地区的同行交流。"

品评会扩展了相泽眼中的世界。在二十八岁那年,他终于得到了金奖。

"那时候已经不在乎大家对自己的看法了,只希望大家想再吃我的海苔。"

海苔品评会的计量基准是每百张的重量。在东松岛,只有重320克以上的海苔才有资格成为审查对象。相泽第一次拿到金奖那年,他的海苔重量是360克。

据说一般情况下,商用的海苔在出货时每百张都超过400克。每百张的重量大是因为海苔厚。

对海苔商人来说收益率很重要,海苔要是碎了就没法成为商品,所以商用海苔肯定厚。另外,做回转寿司的海苔卷等食物的时候，如果用薄海苔，表皮会很快变软，这也是商家的顾虑。还有便利店用的海苔，在运输时为了不让它碎掉，也有必要用厚的。这些厚海苔就是口感"像纸一样"的海苔。

"我追求的是超薄、紧致、入口即化的海苔。入口的时候就能感受到谷氨酸等鲜味成分，想立刻将它吃掉。在2009年的品评会上，规则要求320克以上的海苔才能参加评选，但是我的只有319克。外观和味道都非常好，虽然薄但是不会破。最后仍得了金奖。"

这是最棒的海苔。我想他的海苔还会变得更好吃，但是……

2011年3月11日，东日本大地震发生了。相泽在海啸中失去了所有的渔船和加工厂，他在屋顶上度过了一整晚。幸好家人没事，但是有许多朋友失去了亲友。

建筑被海啸打碎，到处都是瓦砾堆。

海边充满凝重的空气。如果要重新开始海苔养殖，包括海苔加工厂在内的投资共计需要两亿日元。虽然国家会提供援助，但是不能让孩子甚至孙子也替自己偿还债务。一些年老的海苔渔师不得已不干了，这么下去，海滩肯定会衰退。

相泽早早地做出决定，要再次出海。为了保护养育自己的故乡，他只能这么做。他在3月末为了收集渔具开着卡车四处奔走，甚至去了冈山县。他从长崎的朋友那里带回发育快的海苔的种子，在秋天播种。这都是为了获得转年重新进行海苔养殖的资金。

2012年，相泽和三位朋友创办了"太渔会"，因为如果想要成为国家的补助对象，需要建立合作社。福岛核电站泄漏事故当然有影响，但是对相泽而言没有其他的选择。就像高中刚毕业时一样，他再次选择成为渔师。

太渔会的成员在当地是最年轻的。国家的补助期限只有三年，他决定在此期间放弃追求自己心目中的质量。因为国家会按量买下所有的产品，所以他要尽力产出高量的海苔。

随着第二年海苔收获，大曲滨的海苔养殖业复活了。那时，相泽太的名字从纸板箱上的生产者栏里消失了。

某次海滨的渔师们聚在一起开会，长老喃喃地说："你们还年轻，什么都能做到，加油啊。"

年轻人什么都能做到，这话从说出来到现在已经过了许久。相泽认为自己不能扯大家的后腿。他指导后辈，只要媒体提出采访要求就会答应，他甚至举办了学习会和海苔教室。

"我们渔师一定要见到食用我们的产品的人，直接交流。"

相泽站在讲台上说。日本的海苔养殖者约有四千人,但是每年都减少几百人,家庭用海苔的消费量也逐年减少。

三年后,完成使命的"太渔会"解散了。最后一年,他们的收获量创造了新高。随后,大家分道扬镳。

此时回到海苔包装上的不仅是相泽太的名字,某家海苔商店的烧海苔包装上还写着产地名大曲滨。可以得知采自哪片海、生产者是谁,出售这种海苔是划时代的举动。此外,商店在出售时还播放了生产现场的录像,存货在一个半小时里就卖空了。

"我想生产能够改变食用者一生的美味海苔。"

相泽叙述着自己的梦想,今天仍计划出海。

采收海苔要趁早。冷风吹得小船直摇,相泽要在太阳没有完全升起时全部采好,此时海面的温度仅有 $-8℃$。这片海曾夺走他的一切,可也是这片海为他带来了梦想。

江户派的佃煮

〈佃煮〉东京都 远忠食品

最近在东京，露天市场很有人气。位于日本桥的佃煮老店远忠食品积极地参加了这类活动，现场有一位穿着围裙推销佃煮，头发稀疏的中年男性，他就是社长宫岛一晃。他曾在大阪的市场工作，回到东京后在曾是客户的神奈川的公司跑过销售。后来他去美国工作并学习商业销售知识，最后回到祖业远忠食品。

"我越来越觉得这就是做买卖的基础。"宫岛先生说。他是个土生土长在日本桥的纯正江户小子。

"我在露天市场卖佃煮的时候，曾经有小孩子问我：'佃煮是什么？'现在佃煮已经到没人吃这个地步啦。但是让大家试吃，就能卖得很好。"

宫岛的店铺"远忠商店"离水天宫[1]不远。在宫岛还小的时候，商店一楼是工厂，二楼是事务所兼住宅，他从小是闻着佃煮的香味长大的。

那时宫岛家的生意很好。佃煮卖得好，而且由他们首先商品化的腌豆芽也非常受欢迎。可是其他公司不断生产类似产品，在宫岛上中学时"豆芽泡沫经济"破裂了。

"我小时候经常和父亲一起去筑地。送货的时候，商家会用勺子舀起佃煮放到茶里，以此判断质量。佃煮在水里长时间浸泡会溶化，但是好的佃煮不会溶化。"

我在事务所采访了宫岛先生。重建后，这里的一楼变成了远忠直营的自然食品材料店。这一片的风景完全变了，只有以出售亲子盖饭闻名的"玉秀"的建筑还保留着以前的样子，但是人们的工作没有变。

"我们的客人几乎都是推着婴儿车的妈妈。据说在这片地方只能去百货商场买食物。所以我让认识的商人送新鲜的鱼来，而且每天还有农户送来新鲜的蔬菜。"

---

[1] 位于东京都中央区日本桥蛎壳町的神社，是福冈县久留米市水天宫的分社。主祭神是天御中主神、安德天皇、高仓平中宫、二位之尼。江户时代以来，人们多来此求子或祈求安产。

直营店在 2010 年开业时遭遇了一番苦战，但是现在已经开始盈利，在当地稳定发展。

"说真的，我也想让大家吃佃煮。"宫岛笑着说。在经济高速成长期后，江户派[1]的佃煮不断减少。

"为什么它越来越少了？"

"在昭和四十年代前，我们在浦安有家剥蛤仔的工厂。但是东京湾的渔师渐渐失去捕鱼权，没有人提供原料了。所以我们的工厂也关了，开始用进口原料做佃煮。"

随着东京奥运会（1964 年）的举办，工业化急速发展。昭和三十年代到五十年代，人们在东京湾填海造陆，使得海洋被污染。

"以前连排放生活用水都难，但是湿地没了，这最要命。最近有实验尝试制造人工湿地，但是据大学老师说还是不一样。"

没有想到从二十世纪六十年代到现在，东京湾的捕鱼量几乎没有变化。减少的主要是做佃煮用的贝类和藻类（海苔等）。

"到了我这代才开始用东京产的海苔做佃煮。我当时有疑惑，

---

[1] 日文"江户前（edomae）"，指旧江户城前的海域，是东京水产的主要来源地，没有明确的界线。后渐渐成为东京水产的重要品牌，相关从业者一度重新划界，但现在人们倾向于用其指代整个东京湾的水产。

为什么眼前就是东京湾，却没有用这里产的原料做的商品。我问父亲，他说'当然，因为没人捞啊'。我想了想，确实如此，因为东京湾的渔师一个接一个地失去了捕鱼权。我想知道怎么才能办到，就去联系了许多渔业协会。结果刚开始就被拒绝了。"

东京湾一直给人一种污染严重的印象。但是在宫岛寻找原料的时候，工厂已经改善了废水排放方式，下水道的处理设施也很齐全，东京湾已变得十分干净。在不断拜访渔业协会的过程中，宫岛得知有个体渔师在捕捞蛤仔和沙丁鱼的幼鱼。东京都内只有羽田地区还有几位渔师，但是在神奈川县和千叶县有渔师的小镇。

某次，宫岛拜访小加工厂时看到那里蛤仔堆积如山。

"打算怎么办？"宫岛问。

渔师清了清嗓子，说："还能怎么办啊，市场不要这些，这是剩下来的。"

随着东京湾的渔业衰退，贩卖水产的商家也变少了。宫岛眼前的蛤仔的质量真不错，又大又鼓。

"那我买吧。多少钱？"宫岛说。

可是宫岛话音刚落，渔师就变了脸色。因为随着超市的特价竞争激化，常有买手开低价来购买多余的海产。渔师开出的价格是进口商品的三倍，但是宫岛并不在意成本价。

"那就这个价格吧。"

宫岛从包里掏出现金，点好之后交给渔师。从古至今，对渔师们来说现金交易是铁规矩。他们十分惊讶，因为没有人会按照第一次开的价付钱。宫岛通过数次这样的交易得到了他们的信任，于是渔师们为他介绍了在木更津养殖海苔的渔师。

"那里还有盘洲湿地，所以海域很繁荣。"渔师们告诉他。

"我要在早上五点到港口称货，把海苔装进纸板箱里用车拉走，开车时旁边都是长距离运输的卡车。那时候东京湾跨海公路还没有开通。我到港口的时候，渔师们在小小的工地上把捞上来的海苔放进脱水机。渔师的工作就到此为止了，接下来是我的。我把海苔放进纸箱，但是海苔含有水分，特别重。我终于明白干燥碎海苔得到普及的理由了。"

木更津的渔师们会将这种海苔送到海苔工厂，在工厂加工成板状海苔后，再送到高级寿司店。也就是说佃煮用的海苔是质量特别好的生海苔。

"你看，也就是说他们在生产板状海苔之前会分货给我们。我怕这样影响他们的利益。"

于是宫岛询问渔师，渔师们说："没关系，宫岛先生总来买东京湾产的东西嘛。互赢互利。"

"付钱的方式至今仍是现金。我买一年的量，然后冷冻起来。如果海苔用完了，就买厚海带；如果厚海带用完了，就买横须贺的昆布。蛤仔的质量越来越好，所以我也会进货。我们很不容易啊。但是我一直想支援东京湾的渔师……我们从不认为这是'进货'，而是'采给我们'。而且他们能获得现金，多好啊。"宫岛笑着说，"不过，进口海苔片的味道完全不一样。所以必须用生海苔做佃煮。"

远忠食品的工厂位于越谷。到了生产季节，广阔的工厂中就会飘着一股酱油的香味。佃煮的制作方法很简单，就是把材料放进锅里煮。

首先用盐水将海苔洗干净，用滤水网捞起来。调料是近藤酿造做的国产大豆酱油、鹿儿岛县产的粗糖、国产红薯做的麦芽糖，还有原材料表里写的"发酵调味料"。这是味之一酿造制作的"味之母"，有淡淡的酒味和味醂的鲜味。

"现在很多厂商用蒸汽锅，但是我们用大锅和明火。要是煳锅了就麻烦了，不过还是这么做出来的佃煮好吃。"

现在很难在工厂里见到明火，有许多工厂使用蒸汽锅。那是以蒸汽为热源的锅，特点在于均匀受热不易煳锅。而明火锅就和家庭燃气灶上使用的锅一样,是用明火加热的锅,因此很难控制温度。

"要加热多久?"

"大概两小时。但也要看海苔的状态。"

明火锅的下面是砖砌的炉子,上面是巨大的明火锅。为两口大锅点火之后,放入海苔。因为每批海苔的软硬度不一样,所以两口锅同时煮可以保持状态一致。

明火锅的好处是味道好,坏处是人不能离开。随时有可能煳锅,所以工匠要一直盯着火。

海苔佃煮的香气在工厂里飘荡,这味道是让日本人想吃刚蒸好的米饭的味道。

"我认为有必要保留这种传统方法。要是我不做,就没人做了。明火加热和蒸汽加热的空气对流不一样,明火会让热气在锅的周围环绕,使酱油的味道融进食材。但是掌握这项技术很难,培养工匠成了问题。现在的工匠在上一任身边学了五年,才靠全身记住了。接下来需要的是判断力。"

"不仅需要好的技术,也需要判断力?"

"是的,上一位工匠经常说,1月和3月的小鱼完全不一样。能做出细微调整才是工匠的能力。制作中会遇到各种情况,如果不亲身经历就记不住。"

结果这天煮了三个小时。工匠在此期间内一直照看佃煮，细微调整火候，将煮好的佃煮移到厨房后一边冷却一边搅拌。

"要说我们的佃煮和大厂商的有哪些不一样……对了，我去超市买他们的佃煮来。"

我们回到事务所，看到了一个小实验。两个瓶子中分别装着100克远忠食品的佃煮和其他量产的佃煮，注入热水搅拌，放置一会儿，差别一目了然。与量产佃煮相比，远忠的佃煮的沉淀物更多。也就是说，远忠用了这么多的海苔。

"有意思吧。我不是说量产的不好，而是这么做最能看出来区别。海苔的量完全不一样。我以前去市场卖货的时候，其他商家就靠这种方法分辨货品质量。如果只吃超市卖的便宜佃煮，觉得佃煮就这样了，我会很难过啊。"

从宫岛这一代开始，远忠食品的商品阵容开始向无添加、国产原料方向转变，其中还出现了国产榨菜等人气商品。

"说实话卖佃煮赚不到钱，但是我不想让它消失。亲口品尝最重要。如果是在露天市场出售，尝过一次的人一定会再来买。"

靠听其他人讲，不会明白食物的味道。亲口品尝最重要，百闻不如一吃。

佃煮的名字源自东京都中央区"佃"这一地区的地名。佃煮本是江户，也就是后来的东京的地方小吃，在明治之后的战争中传到日本各地。它首先在西南战争中作为军粮被生产，在甲午战争中也被食用。战争结束后回到家乡的士兵们将它带到了各地的餐桌上。比如广岛流行制作昆布佃煮，据说这是因为日俄战争时日本陆军以广岛为据点，佃煮为了迎合军队需求才得到发展。

直到江户时代，日本人仍一直以为"过了河就是其他国家"，明治之后"日本人"这一身份观念才在日本确立。俗话说"同吃一锅饭"，从这个角度来看，"日本人"观念的确立，应该也与米配佃煮同食这个习惯的传播有关吧。

"最难的是准备原料。蛤仔、海带、海苔，质量全都越来越差。关于成因，有各种观点，但是其中之一是湿地消失，还有一个是大海的营养成分减少。"

赤潮这类使得海水富营养化的现象曾一度成为环境问题；但是现在以被称为"海洋沙漠化"的海岸侵蚀灾害为代表，日本全国各地出现了贫营养化的问题。贫营养化与有时效的赤潮问题完全相反。贫营养化发生的原因是生活和工厂排水的环境要求变得严格，以及为大海输送营养的山区居民减少。如果不在山区继续进行农业和林业生产，流到河中的氮会减少，浮游生物和海藻就无法生长。

随着海岸保护工程的进行，我们与大海的距离越来越远。宫岛积极地举办亲近大海的活动，也热心地参与守护东京湾的活动。

"您为什么想保留江户派的味道？"

这是我最后提出的问题。宫岛歪歪头，笑着说："不知道为什么呀。"

我却似乎有些明白了，宫岛为什么想要保留江户派的味道——因为他就生在日本桥，长在鱼市场。也许这就是江户小子的执念吧。

第四章
山与畜牧业

牛是家人

〈短角牛〉岩手县 柿木畜产

牛肉很难做好啊——每当做饭的时候，我总这么想。

以前在日本提到好吃的牛肉，就会想到霜降牛肉。现在日本饲养的百分之九十的肉用牛都是可以产出霜降肉的"黑毛和牛"。人们培育出了前泽牛、松阪牛等各个品种的牛，而最近需求量增加的是赤身牛肉。随着人们对健康的需求和喜好的变化，比起脂肪多的霜降肉，有更多人认为有肉香味的赤身肉更好吃。

秋天的某一天，我拜访了位于岩手县久慈市山形町的柿木畜产，并采访了负责人柿木敏由贵先生。由十二家生产者共同培育的"岩手山形村短角牛"的赤身肉得到了人们的好评，在专业厨师之间也很受欢迎。

我说起自己要去采访柿木畜产后，身边的人都十分羡慕。

"不过，那周围真的什么都没有哦。"有人这样对我说。是真的，旧山形村就是个被山包围的小村落。

柿木先生是位温和的人，他经营的柿木畜产在料理界大名鼎鼎。不知道为什么，我见到他的时候有种不可思议的感觉。

短角牛是一种珍贵的牛。现在青森县、岩手县、秋田县和北海道是它的主要生产地，岩手县的饲养数量约为4000头，日本全国也仅有6400头左右，占全部和牛的不到1%。

短角牛的祖先是日本本土的南部牛，以前被用来运送物资。

就算是乡下，南边的藩国，无论西东，都是金山。

这是民谣《赶南部牛歌》，对这个地方的人来说，牛是十分贵重的劳动力。它也被用来从沿海地区向内地运输食盐。

"以前南边的藩国有很多吹踏鞴法[1]制造的铁。据说牛甚至将铁运到了新潟县的燕市和三条市。"

在1870年前后，进口的英国短角牛和南部牛杂交，生出了短角牛这个品种的原型。

"以前这种牛就很少，随着自由进口的影响，数量越来越少。从那时起它与黑毛和牛之间的价格差逐渐扩大，而且因为它产

1　吹踏鞴法是从日本古代一直发展到近代的制铁法，"鞴"指为炉内输入空气的鼓风器。这种制铁法的特征是将砂铁或铁矿石放入黏土制的炉子里，在较低温度环境下用木炭还原成分，可以生产纯度较高的铁。

的是赤身肉，所以还要和进口牛肉竞争。"

随着日本人越来越富裕，牛肉的消费量也不断增长。一大转折点是1991年牛肉贸易的自由化。便宜的进口牛肉摆满超市货架，日本的生产商为了应对这一形势开始制造差异，全力生产霜降牛肉。

牛肉定价基本依据日本食用肉价格协会的标准。以出肉率（A—C级别）、颜色、紧致度和霜降比例等划分出牛肉的等级（1—5级），作为定价的基础。味道不是评判标准。当然，脂肪会极大程度影响味道，但说得极端一些，牛肉的定价纯粹靠人的眼睛来判断。

"我们只用A5这种最高级的牛肉。"有的店如此宣称。但是这个等级是以黑毛和牛肉为基准得出的，没有考虑到赤身肉的香味，所以对短角牛肉这类要靠味道一决胜负的赤身肉而言十分不利。而且以前泽牛为代表的岩手县黑毛和牛得到广泛好评，因此有许多农户放弃养殖短角牛，转向黑毛和牛，导致短角牛的数量越来越少。

黑毛和牛肉的美味尽人皆知。但是在"没有产过牛犊的母牛，肉最好吃"这种价值观的支配下，黑毛和牛肉十分单一。

"短角牛的优点是什么？"

"我认为首先是牛很健康,接下来就是赤身肉的香味了。"

短角牛和一辈子在牛棚生活的黑毛和牛不一样,它从春天到秋天在山林里放牧式成长。到了冬天,肉牛会成为市场上的商品,待产的母牛则养在农舍里。这是自古而来的"夏山冬村"式饲养法。

牛要在自然环境之中自由交配,在放牧的时候母牛也会陪着小牛。

"我家一直养短角牛。我以前在岩手县立农业大学学习畜牧业,因此也养过黑毛和牛。那时实习农场的人对我说'短角牛根本不行'。黑毛和牛的价格确实高,但是为了产出霜降牛肉,在出货之前有些牛已经失明了[1]。我虽然有向家人和朋友推荐这种肉的自信,但是总觉得难以接受。"

柿木心想,如果能把饲养短角牛当作自己的工作就再好不过了,因此选择继承祖业。

虽然其他地区也饲养短角牛,但是百分之百国产的"岩手山形村短角牛"的饲料与众不同。和牛作为日本饮食文化之一

---

[1] 为了让脂肪渗入肌肉之间的缝隙,做出霜降牛肉,饲养者要抑制脂肪细胞的增殖,因此需要降低牛的维生素 A 摄入量。因为长期缺乏维生素 A,牛为视觉神经传达光信号的视紫质会丧失功能,在严重情况下会导致牛的瞳孔扩散甚至失明。

被世界关注，但是饲料基本依赖进口。因为根据饲料自给率计算，国产饲料只能养活 12% 的和牛。

黑毛和牛吃进口的高浓度饲料（以玉米等谷类为主的高蛋白饲料），几乎不出牛棚，就这样度过一生。这就是它与放养的短角牛的最大区别。说到奶农，大家可能会想象牛在广阔的草原上吃草的风景，但实际并不是那样。

柿木畜产的牧场里有山上的牧草和矿物质丰富的土壤，牛棚里的是国产小麦、大麦、麦糠等谷类与大豆混合在一起的饲料，牛靠吃这种饲料成长。饲养山形村短角牛的农户共有十二家，各家以纯国产饲料为基础调整饲料比例，例如，增加米或大豆。

"使用国产饲料的困难之处是什么？"

"价格太高了。与高浓度饲料比，它的营养价值不高，所以量一定要大。但是用国产饲料很有意义，我们原先只是从安全性的角度出发而选用国产饲料，但是后来发现这种饲料会让牛肉的味道完全不一样。"

如果坚持使用国产饲料，会让牛肉的脂肪不多且味道清淡。"产肉的动物吃什么，肉就是什么味道"，这话毫不夸张。

牛的内脏没有负担，因此总是很悠闲。日本政府虽然设立目标，希望饲料可以自给自足，但是成效并不好。柿木认为这是因为制度有问题。

"有《混合饲料价格稳定制度》这个规定，它的目的是在进口混合饲料价格飙升时为农户提供补助金，但是国产饲料使用者不是补助对象。"

如果使用国产饲料，就可以减少二氧化碳排放量等，利于保护环境。《为什么和牛出口不增加》一书的作者横田哲治先生认为短角牛的减少导致岩手县的山林与河道荒废，"短角牛是山林的'步行割草机'"，并且强调了支援生产者的重要性，他认为"短角牛可以保护环境，牛肉安全又令人放心"。

"牛犊的价格在升高，但是牛肉的价格没有上涨，对生产商而言现状仍然严峻。"

短角牛需要自然交配，母牛在春季一同生出牛犊，因此出货集中在春天。虽然依靠人工授精、一整年都可以出货的黑毛和牛在市场上占有利地位，但是哪种饲养方式更接近自然、更关爱牛，不言自明。

不过，为什么要如此精心地养育牛呢？

"这里有选择饲养短角牛的理由。三陆地区受偏东风这种寒冷海风的影响，经常遇到冻害，所以遭受过很多次饥荒。这时耐寒的牛就成了宝贝。所以这里的人十分关爱牛。"

我注意到一点，柿木总说要"培养牛"，绝对不说"生产牛"。从措辞中，我感受到了他对生物的敬意。

岩手县有"南部曲屋"这种将主屋和家畜小屋以"L"形结合在一起的日式建筑，人和牛马在同一个屋檐下生活。短角牛就是如此生活的牛的子孙。对日本人而言，牛是重要的生物，也是家人。

如此培育的短角牛的肉格外紧实，咬一口，可以感受到明显的肉香。它的活动量大，筋很多，因此在烹调时要多加注意。最重要的是要为肉的中心部保留水分，让它留几分生。

牛是一种不耐热的动物，但是在夏天，岩手县的山里很凉爽，吃草长大的牛的脂肪有股草的清香。有人不喜欢这股味道，就把脂肪去掉了。但是如果亲眼见过牧牛的山中的风景，甚至可能会想用植物香料让那样的脂肪香味更突出。而这一定也能令食用者的脑海中浮现出这座山的景色。

富含脂肪的黑毛和牛肉确实好吃，但是它的味道可能是扭曲自然发育带来的禁忌之味。也许实现起来很难，但我还是希望能让牛慢慢地吃草。

柿木的牧场也饲养公牛，因为这里有东北地区唯一的斗牛大会。从江户时代开始，山形町就有斗牛文化了。最初，人们是为了决定运盐队的领头牛，才让牛互相搏斗。虽有这样的文化，但是这里的斗牛比赛为了不让牛受伤，往往以平局结束，十分不可思议。

公牛和母牛不一样，就像相扑选手和普通人之间一样存在体格差异。望向牛舍，可以看到一片昏暗之中锐利眼睛的反光。

"这里的牛全都是斗牛，有的牛体重甚至超过一吨呢。"

公牛看上去就有股魄力，呼吸也十分有力。短短的角看上去很厉害，肩上的肌肉鼓胀着，简直就像格斗家一般。但是在柿木摸它们鼻子的时候，它们会老实地任由他摆布。

我终于明白刚见到柿木时的奇妙感觉是什么了。柿木的气质就如同牛一般。常言道长年同居的夫妇会越来越相似，也许就是这个缘由。

我去参观肉用母牛生活的肥育牛舍时，发现绝大部分牛都"不在家"，只有将要出货的牛。每头牛的表情都很温和。

不愧是吃米长大的，表情真放松。我甚至这么想。

"陌生人来了，很难得呢。"

每头牛都兴致盎然地向我撒娇。它们温柔的瞳孔，述说着被精心关爱培养的经历。

漂亮就美味

〈鸡肉〉宫崎县 黑岩牧场

"什么让你觉得'来日本太好了'?"

我曾经这么问过一位来日本生活的印度人,他在日本和印度之间做商业贸易中介,日语很好。他的回答让我有些意外。

"鸡肉很便宜。"

"鸡肉?"

"嗯,在印度价格最高的肉类就是鸡肉。在日本价格最高的肉是牛肉,但是印度的水牛肉很便宜。印度天气热,物流也不发达,要是想吃鸡肉就得买活鸡,所以鸡肉很贵。吃之前得先杀鸡。"

我去泰国和中国香港的农贸市场,看到活鸡被装在笼子里出售。因此鸡肉很容易受伤。鸡肉在外国地位高,在日本却很低。在法国,连星级餐厅的菜单里都会有鸡肉,但是日本的星级餐厅却很少提供。

"什么呀，不就是鸡肉嘛。"

我们会如此轻视鸡肉，是因为它的流通量大而且便宜。据日本食肉消费综合中心编纂的小册子《鸡肉的实力～支撑健康生活的鸡肉的营养与安全安心～》记录，日本的鸡肉消费现状有两大特征。

（1）大量地进口鸡肉。

日本的鸡肉进口量首屈一指，每年约有80万吨。依据2008年的数据，全欧盟国家的鸡肉进口量合计约有90万吨，所以可以看出日本的进口量非常大。不过，我们作为消费者没有意识到这一点，是因为我们在日常生活中没有机会亲眼看到进口的鸡肉。

进口鸡肉主要用在商店制作好的菜品里和餐厅里。要是把它们做成炸鸡块和烤鸡肉串，就没有人知道原产地是哪里。根据消费场所和消费者的不同，消费比例会产生极大变化，这似乎也是日本市场的特征。

（2）日本人的特殊嗜好。

可以吃的鸡肉大致集中在两个部位——腿和胸。其中日本人最喜欢吃的是鸡腿肉。在关西这种倾向尤其明显，据说人们消费的鸡肉里八成是鸡腿肉。就算投入大成本养地鸡或者铭柄鸡,养鸡场也赚不到钱,因为鸡胸肉卖不出去,最后只能以和杂种鸡一样的便宜价格出售。

日本的鸡肉价格下跌是最近的事情。在昭和初期和印度一样,鸡肉比牛肉更高级,有"大老爷吃鸡肉,小伙计吃牛肉"这种说法。(来源同上)

美国的批量养鸡方式传到日本,鸡肉才变得便宜了。多亏这样,我们现在能以低廉的价格吃到炸鸡块,但是从另一方面来说,我们也失去了品尝美味鸡肉的机会。

美味的鸡肉有多美味?我在拜访位于宫崎县高锅町的黑岩牧场时,思考了这个问题。

"这家牧场在尾铃山,建在不得了的地方。"

宫崎县政府的人这么告诉我,但是他也没有去过。出于好奇,我想去看看,发现只能走山路,必须在蜿蜒崎岖的小路上开车过去,周围都是郁郁苍苍的森林和山峦。车开到山崖边的时候,真害怕自己会掉下去。

最后终于到了黑岩牧场。这里虽说是牧场,但周围的景色仍然是苍茫林海。

"哎呀，您好，我是黑岩。"

我终于见到黑岩先生了，他穿着工作服，长着一张精悍的脸。他有美男子的气质，又有几分雄鸡的气魄。我每次访问畜牧业养殖户的时候，总会觉得饲主和所养的动物相似。不过也有可能正是因为与自己相像所以他们才喜欢这种动物，不知道哪个才对。

我参观了牧场。鸡舍建在群山之中，这里的样子和想象中的现代养鸡场不一样。鸡舍大门敞开，鸡可以自由出入，在山野中奔跑。

我采访的那一天恰逢雨过天晴，鸡比较老实，据说它们平时还会爬树。日文中"鸡"一词的本意就是"庭院中的鸟"，但是这里的鸡比较适合被称为"山鸡"。

"所以我管它们叫土鸡。这里的面积有十八公顷，是东京巨蛋的四倍。我就在这里放养鸡，到了晚上，鸡会自己回鸡舍。"

决定鸡肉味道的因素有四个，分别是品种、饲料、环境和饲养期。

也许我有必要说明一下品种。以"地鸡"为名饲养的鸡指本土品种或有一半本土鸡血统。

"铭柄鸡"则是农户各自精心培育的品种，没有特殊规定。

我们经常听说的"Brolier"指的不是品种，而是"适合焙烤（Brolier）的鸡肉"。超市中卖的这类嫩鸡原本在二战后的美国得到普及。当时牛肉不够，人们为了寻找替代的蛋白质来源，开始改良鸡的品种。此外，肉鸡和蛋鸡也不一样，后者基本靠笼饲，前者几乎都是放养。饲养的主流方式是使用没有窗子的封闭型大鸡舍。

有时有人认为高级的地鸡或铭柄鸡好，便宜的小鸡不好，我对此感到疑惑。如果只是做烤鸡，"Brolier"没什么不好，反而地鸡——例如，比内地鸡，它很难烤出柔软的口感。因为地鸡的饲养时间长，所以鸡肉只会越来越硬。喜欢的人另当别论，不管它有多鲜，人们都不会觉得它好吃。"那么小鸡可以吗？"问题没有这么简单，因为地鸡有各地适合当地风土的做法。

例如，比内地鸡不适合烧烤，但是十分适合煲汤，在为驱寒而生的秋田县名吃切蒲英锅中必不可少；而高级鸡的代表布雷斯鸡（Bresse Gauloise）比起烤着吃更适合煮着吃。重点在于依照做法选择合适的鸡肉。

看看日本，从北到南的风土如此丰富多彩，简直没法想象这是同一个国家的土地，而且每片土地都有属于自己的美味。在这里，位于南端的宫崎县培养的黑岩土鸡的品种居然是法国的赤鸡。它的肉质不像地鸡那么硬，反而很细嫩。

"我不太喜欢宫崎本地的鸡。现在的鸡是我挑选许久之后觉得最好的品种。"

关于放养，最令人担心的是鸡会不会被野鸟和野猪袭击。

"如果鹰和野猪来了，大家就会逃跑，但是偶尔会被杀死，每晚最多只有一两只吧。人们把它们关在一个地方，要是生病并传染就会导致几百只鸡死亡。要说哪种更可怕，我想还是人的做法更可怕啊。"

原来如此，我理解了。长年在山中工作的人的话有极强的说服力。他在近乎自然的环境中饲养鸡，当然不会给鸡喂抗生素。

"鸡有警惕周围环境的本能，如果敌人来了，就会藏在树林里。而且你看那里的土地有被啄食的痕迹，鸡在身体不舒服的时候会吃土，靠吃土调节身体健康。"

而且鸡会在树下啄食杂草来治疗自己的身体。Brolier等批量饲养的鸡的喙会被切掉，它们也不可能这么做。因此在自然环境中成长的鸡有着帅气美貌的外表，吃杂草的鸡也让山变得更美丽。

"可以通过观察鸡冠的颜色判断健康状况。我会将身体不好的鸡隔离到其他地方。虽然靠药治疗很简单，但是自然免疫力最重要。我曾经考虑过按照指导，为防止野鸟带来的传染病而在密闭环境下养鸡，但是我们目前的饲养方法还没出过问题。"

黑岩经常观察鸡的状况，据说至今没有感染过禽流感等传染病。如果接触了带有禽流感病菌的野鸟，就会感染病毒，但是鸡本身就性格胆小，所以野鸟很难接近它们。

黑岩土鸡的饲养天数在一百二十天以上，有时甚至达到一百八十天。Brolier的饲养天数是五十天，而按照规定，地鸡的饲养天数必须在八十天以上。由此可见，黑岩土鸡的饲养天数远超过其他鸡。

饲养天数长会使得饲料的开销增加。但是饲养天数差异也会形成极为不同的味道。饲养天数越长，鲜味越浓重，同时鸡肉会越来越硬。鲜味和硬度相悖，不过我想再强调一遍，重点是做法。

"因为成本高，所以我们只将内脏、大腿肉、鸡胸肉打包出售。为此我们尽量降低售价。要是价格太高就没人吃了。最好吃的部位是鸡胸肉，和其他鸡肉的区别，你尝尝就明白了。"

我当场试吃了宫崎县名吃炭烤鸡肉串。入口之后发现它不像地鸡一样都是硬邦邦的肉，也与Brolier完全不同。它的脂肪很少，但十分细嫩，而且也没有肌肉紧实带来的纤维感。这里的鸡胸肉简直就像鱼的精巢一样柔软，咬一口，汁水满溢。

"比起法国的布雷斯鸡和红色标签[1]食品，我觉得我家的鸡更好吃。不输给外国的高价鸡。"黑岩骄傲地说。

但是这种鸡和布雷斯鸡一样缺少皮下脂肪和水分，制作时需要技术。最难的是处理厚厚的鸡皮。如果能将鸡皮做好就会非常好吃，反之则难以入口。据说牧场几乎所有的黑岩土鸡都是送到餐厅再被顾客消费。确实，如果不是有技术的厨师，就很难做出它的美味。

"在上世纪七十年代人们开始追求健康食品，父亲当时想能不能向大众提供自然饲养的鸡下的蛋，就这么开始了。用这种方法养鸡很累，但是你看，这些孩子真精神。越漂亮的越好吃。"

黑岩说着说着笑了。我看着在野山中四处奔跑的鸡，隐约感受到自己吃的其实是生命啊。它们的性命迟早会被夺走，希望至少在那一刻到来之前，能够让它们幸福生活。

"我几乎一年三百六十五天都住在山里。虽然我的家在城镇里，家人在那边住，但是我简直就像单身赴任一样。我很担心

1　红色标签（Label Rouge）是法国政府对高质量食品的认证标志，例如鸡肉需要满足如下条件：血统纯正且以过去的自然方式饲养、鸡可以在野外自由活动、饲料主要是谷物且不使用任何抗生素、饲养时间长（普通鸡的两倍以上）、卫生管理严格且保证新鲜。

这些鸡……尽管我有时候也会下山吃饭，但我可能也是放养的，就像这些鸡一样。"黑岩开玩笑似的说。

鸡被如此管理、如此放养，大概会感到幸福。当然，幸福是什么，这个问题并不容易得出结论。不用担心外来危险、在有空调的密闭鸡舍中度过轻松的一生也是一种幸福。在山野里奔跑的鸡和在被管束的鸡舍中生活的鸡，究竟哪种更幸福，我不知道。要是能亲自问它们就好了。

"吃"这种行为不仅令我填饱肚子，也为我带来许多疑惑，只能依靠思考去接近答案。黑岩的兴趣是打猎，他也养猎犬，有时甚至会被邀请去很远的地方猎鹿和野猪。毫无疑问，被放养的黑岩本人，很幸福。

白色奇迹

〈牛奶〉岩手县 中洞牧场

从盛冈出发开车两个小时，我到达了海拔 800 米的北上山地的腹地。

天气不好，空气寒冷，四周被雾包围。我的眼前只有森林和绵延的山脊线。

树林是一片深绿色，山坡上长着柔软的浅绿色野草。牛正在这里缓慢地爬坡。这匹褐色的牛有娟珊牛的血统，体格强壮。此时正是晚上挤完奶，牛回到山里的时刻。

中洞牧场没有普通的牛棚。我虽然听说过，也见过照片，但是实景仍令我震惊。

牛一年三百六十五天住在山里，只在挤奶时下山。这是植物生态学者犹原恭尔博士在二十世纪六十年代提倡的在山中放牛这一"山地奶农"模式。

"这是自然与牛造就的景色。"牧场长中洞正先生如此形容。

"幸福的牛产好喝的奶"是他的信念。牛吃的是野草、山白竹和树叶这些山上的植物,喝的是山间清水。如此培育的牛产的奶微微发黄,味道清淡。我觉得最适合形容它的味道的词是"干净",甚至有人尝了之后夸它是"奇迹牛奶"。

观察日本的牛奶包装盒,会发现"类别"两字的后面写着许多种类。如果写着"牛奶""成分调整牛奶""低脂肪牛奶""无脂肪牛奶",就说明它的原材料是生奶。如果是"加工乳",就说明它是将生奶作为原材料与其他乳制品相混合。最后一种"乳饮料"指的是其中含有乳制品之外的原材料,比如咖啡牛奶和水果牛奶(现在没有叫"咖啡牛奶"的商品了,而是改名为"咖啡"[1])。

我想应该没有人把咖啡牛奶和牛奶搞混吧。要注意森永乳业等大公司的某些商品,虽然印着放牛的图片,但其实是乳饮料。

有位外国朋友说:"我想买牛奶,但是看不懂,就以牛奶盒子上的缺口为特征,选择买哪种。"纸盒顶端的浅浅半圆形缺口

---

[1] 日本的公平交易委员会在2001年规定只有纯牛奶的商品名才可称"xx牛奶",所以各大商家将原先的"咖啡牛奶"改称为"昂列咖啡""咖啡拿铁"或"milk 咖啡"等("牛奶"的英文"milk"可以用于商品名中),分类仍属于乳饮料。

是"类别：牛奶"的标志。虽然有的牛奶没有这种标志，但是仍有人坚持选择带缺口的，由此可知真难分清日本的牛奶。最大的问题是招致消费者误解的包装设计。

"日本几乎没有放牧的牛。"中洞先生十分愤慨。他在山的腹地修建的研修楼还是崭新的。牧场里有供工作人员生活的研修楼，还有加工牛奶的工厂和挤奶小屋。

可以听见牛从远处发出的叫声，但是看不见它们。

"日本的奶农很奇怪。现在日本的牛奶都是在饲养时被虐待的牛产的。密集饲养，一头牛一天要产30—50升奶。在日本，这种产业结构之所以出现，是为了消耗美国的玉米和小麦这些多余的粮食。"

中洞先生头上缠着毛巾，说着江户方言。牛自古以来被当作经济动物，奶农们将每头牛的产奶量增加当作好事。但是在2006年，北海道地区产量过剩，导致农户倾倒牛奶，现状并不和谐。在日本出售的牛奶虽然百分百国产，但是热量的自给率只有27%（这是2015年的数据）。数字这么低是因为饲料主要依靠进口。

为什么必须依赖高价的进口饲料呢？中洞说这是因为有一条业界标准，要求在收牛奶时"乳脂肪含量至少达到3.5%"。

如果乳脂肪含量低，奶价就会变得极低。如果像山地奶农一样放牧、让牛吃草，牛奶的乳脂肪含量当然不会高。这个规定使得奶农追求更高的乳脂肪含量，因此喂牛吃大量谷物饲料的饲养方法成为主流。

"在1987年，随着这条业界标准的确立，山地奶农干不下去了。北海道的奶农几乎全部放弃放牧，改让牛在牛棚吃大量配方饲料。但有趣的是，大的牛奶生产商因为消费者不愿摄入过多脂肪，又开始出售低脂牛奶。这简直是笑话。"

牛本来就是吃草的动物。如果让它们吃大量谷物饲料，当然会减少它们的寿命。中洞牧场自1984年起，连续七年像其他奶农一样为农业协会提供牛奶。但是随着定价的基础——乳脂肪比例规定的出现，1987年后奶价开始大幅下跌，令他们苦不堪言。

规定十分奇怪，只能自己想办法应对。在1992年，中洞开始绕过农业协会，悄悄地给附近的住户送奶。这是因为当时中洞牧场还没有自己的工厂。《奶及奶制品的成分规格相关法令》要求牛奶必须经过卫生所许可的工厂加工，否则禁止出售，所以中洞只能这么做。

中洞的牛奶味道好的口碑渐渐传开。销售情况渐渐变好，中洞在同年6月开始与当地的乳制品生产商合作并委托他们进行加工,从此正式开始直销。之后的几年间,他虽然仍因要给农协交钱而感到困扰,但是在1997年他终于有了自己的工厂。

"虽然有'乳白色'这个词,但是现在市面的牛奶都只是白色。牛在夏天吃青草,摄入的胡萝卜素被转移到牛奶里,因此牛奶的颜色会发黄。这才是乳白色,比较一下,立刻就懂。"

我将两种牛奶摆在一起,差异一目了然。牛奶的乳脂肪比例会随季节变化。牛在夏天主要吃青草,所以乳脂肪含量低;在冬天主要吃干草和青贮饲料[1],所以乳脂肪含量高。人也一样,在夏天喜欢喝清淡的饮料,冬天想喝浓厚的。业界规定完全忽视了自然规律。

"乳脂肪含量不是美味的基准。脂肪只有3%到4%,占比最大的是水分,有80%以上。真正的牛奶很轻。我想一点点澄清这些误会,所以我们必须做下去。牛奶的包装盒上经常印着牛吃草的图,这几乎都是胡说八道,农林水产省的统计结果显示现在仍在放牧的奶农只有极少数。有消费者喝了我们产的牛奶,说'真浓稠,真好喝呀'。虽然很感谢他夸牛奶好喝,但是他搞错了。"中洞说着发出了豪爽的笑声。

---

1 由青绿作物或副产物经过密封、发酵后制成。

在2013年有一场品评会，1600位美食专家品尝来自日本各地的牛奶，中洞牧场的牛奶在品评会上获得了"最高金奖"。这说明乳脂肪含量并不是美味的理由。

美味的理由不仅是饲养方法。大厂商的牛奶会在120℃—130℃的环境下经过两到三秒的高温消毒，这种"超高温消毒法（UHT）"是他们的主流做法。效率虽然很高，却会使牛奶丧失原本的味道。中洞牧场采用在63℃—65℃环境下加热三十分钟的低温消毒法[1]，所以牛奶可以保留美味。还有一个重要的因素是未经均质化加工。

"连小孩都知道奶酪、黄油和生奶油都是用奶做的。但是你要是想用日本的超市卖的牛奶做这些，肯定做不出来。因为这些牛奶都是均质化牛奶。"

因此如果将中洞牧场的牛奶放进冰箱，会发现顶部凝固着一层生奶油。这似乎叫"奶油层"，这就是其没有经过均质化加工的证据。在喝的时候摇一摇就可以了，不需要机械地让它均质化。就像没有充分搅拌的沙拉更好吃一样，不均等产出了美味，让味道变得有节奏。

"日本的牛奶想尽可能地卖得便宜。因此在统一配发的餐点

---

[1] 即常见的巴氏消毒法，缺点是保质期较短。

中逼迫大家喝的牛奶不好喝,喝进去之后流到肠子里,令人腹泻。这不能被称为牛奶。有人只有喝我们产的牛奶才不会腹泻。因为我们的奶会像奶酪一样在胃中凝固,之后被慢慢消化。"

中洞牧场的牛奶售价为每 720 毫升 1188 日元。价格极高,但是牛奶的利润很少,所以他靠卖冰激凌等来补贴收入。关于牛奶的价格,中洞的立场十分明确。

"牛奶是高级品,本身不适合大量生产。"

只是偶尔尝一尝的话,这种高级体验就没问题吧。

中洞带领我参观了一部分山林。斜坡的坡度很大,我差点爬不上去。四处是山、树和草坪。因为当时下雨了,森林被雾包围,有一股植物和土壤的味道。

"有时其他地方会在这里寄养牛,它们一开始都爬不动山。为了保持牛的健康,运动很重要。我们这里最长寿的牛已经十九岁了。"

四条腿的牛可以轻易地爬山,两条腿的人类却感到有些困难。我在路上经过好几条细细的小河,河中都流淌着清澈的水。牧场的牛就在这样的山里生活、吃草,在小河里饮水,并且自然地交配。牛的品种是由根西牛与荷尔斯泰因牛自由交配出的混血品种,这里当然没有使用催情剂。

中洞的事业并非一帆风顺。

"从开始直销到现在已经过了将近三十年，销量基本没有下降过，但是经营曾经陷入危机。不过，有意思的人会给我提供资金。"

中洞牧场在2005年曾面临破产危机。中洞邀请投资家在旁边的宫古市建立了第二牧场，但是没能顺利经营，在2007年连着工厂一起卖掉了。

"我至今为止已经经营失败了三次。但是每次都会有人来帮忙，真不可思议。"

多亏支援他的企业帮忙，中洞牧场复活了。从2010年开始，中洞重新发展事业，他在2011年建立了乳制品制作楼（也就是工厂），在2012年翻新了中洞牧场。

无法期待以牛奶获得高收入，但是他依靠自己制作的酸奶和冰激凌维持牧场经营。现在他也为了推广山地奶农模式，开展指导培训、提供咨询服务，接收了很多研修的学生。中洞已经与歪曲的业界和农业协会斗争了三十多年，但是他的语气很乐观。也许这是因为他相信自然放牧，也就是山地奶农，"不仅是一种饲养方式，更是一种人生观"。

提出山地奶农这个概念的犹原恭尔在著作《日本的山地奶

农》中如此讲述其目的与使命。

"要将被打入冷宫的、低生产性的山林变成高级生产地。"

"要通过创造性生产让日本的人类社会变得更好，这是我们的使命。"

他在这本写于1966年的书中如此分析奶农的现状："（因为生产性低所以）忽视山地""（有许多开垦土地的民众）被贫穷所困且居住分散"，"奶农为了生产牛奶，以扭曲的方式发展，大量使用进口饲料，花费许多劳力，生产费也非常高"。令人惊讶的是，日本奶农面临的问题至今没有任何改变。

中洞站在树荫里，指着栅栏的另一边，对我说："请看看这里。"我看到栅栏的另一边全都是草，这些草几乎和人一样高。它们在树木之间长得十分茂盛，仿佛要拒绝人们进入。

"如果放着不管，草就会长这么高。但是如果让牛去吃草的话，只要一年时间，人就可以走进去，这样疏林和采伐等管理就会更简单。日本的国土有七成是山林，但是现在就算发展林业，也不会变出一分钱，所以山林一直被忽视。"

荒林会引发野兽和水灾等各种各样的社会问题。中洞在《黑色牛奶》这本书中指出："山村人口减少和村民的高龄化，使得森林的荒废速度加快。"

"山地奶农是防止这一点的关键。就像犹原老师说的一样，山地是资源。可以通过放养牛改变经济活动，这样也可以解决现代奶农的问题。"

对于奶农来说，开山工作十分重要。他们有必要手工拔掉毒草（虽然牛很聪明，不吃它）和多刺的野玫瑰等不利于放牧的植物，而且为了培育野草需要为树木剪枝，让光照更好。

"这工作特别轻松。"

虽然中洞这么说，但这只不过是和普通奶农比较。在我看来，他的工作实在是太累了。为了不让草被吃光，还需要控制饲养的数量。即便如此，"幸福的牛产好喝的奶"这一信念仍丝毫不动摇。

"现在还在当山地奶农的只有几家了。这里之所以还开着，是因为我认为自己没有错，还有一点是我在进行直销。"

中洞用手里的木棍戳着地面。

"并非因为直销可以赚钱，而是直销会让我有被客人们支持的感觉，正是这支撑着我经营。不是经济方面，而是心理方面一定要被消费者们支持，否则当不了奶农。"

"如果奶农只产牛奶，就丧失了工作的根本，是这样吗？"

"如果把牛奶送到农业协会之类的地方，就会有载着大储藏罐的收奶车来取奶，简直要让人陷入是司机在卖牛奶的错觉。当然了，消费者看不到这一点。牛奶不是在全自动工厂中造出来的，它是牛的母乳，是给小牛喝的，我们只是分得一部分。如果抱着这样的心情，就不会想把它卖得比可乐还便宜。"

根据新闻报道，奶农的供货价是一公斤100日元左右，确实与饮料差不多。

正是大量消费牛奶的社会提出了这种不容改变的价格。

"人类也是生物。如果一直居住在缺少自然环境的大都市，就会变得很奇怪。对牛也好对人也好，最有害的都是压力。不要在都市里过不运动、不晒太阳的生活了，就算只有周末也好，到郊外做做农活。这样粮食自给率立刻就会增加，而且有益心灵健康。"

我采访的那天，在牧场里住了一晚。虽然那天是很讨厌的雨天，但是我和工作人员们一起吃了晚饭。工作人员轮番帮忙做晚饭。中洞说，就算刚开始什么都做不了，但是在生活的过程中，自然而然就能学会如何做。聚集在这里的学生全部是年轻人。

"我的梦想是回老家当奶农。"大家纷纷说道。在偏远地区还有许多被忽视的山林，因此大家十分期待成为山地奶农。正在喝酒的中洞非常高兴。

"其实比起牛奶,您更喜欢酒吧?"我问。

他笑着说:"这怎么可能?"

山里没有手机信号。四周没有光,只能听到雨的声音。我意识到仅是这样就能使我放松心情。

第二天早上,我去参观挤奶。学生和工作人员们聚集在小屋里,慢悠悠地准备着。中洞正在磨开山用的镰刀。

牛迟迟不来。工作人员告诉我:"在起雾和下雨的天气里,牛几乎不下山。如果是大雨天或者一大早就很热,牛会立刻下山。这种凉爽的小雨很舒服嘛。牛很耐寒,但是不耐热。"

最后,牛们终于排成一列,进入挤奶室。年轻的工作人员熟练地给牛喂用甜菜渣、大豆、麦糠和小麦混合在一起做成的"甜点",它是一份小小的奖励。对于平时吃草的牛来说这是高级品,它们吃得很开心。

挤完奶的牛过了一会儿就回山上了。牛在和煦晨光照耀着的牧草地吃草,偶尔也会伸头吃橡树和山毛榉的叶子。大家都知道牛是反刍动物,反刍不仅能让食物更细碎,也会增加摄取的微生物,它是蛋白质的来源。

牛胃中的微生物可以发酵并分解草的纤维，让它变成能量。此外，结束工作的微生物可以成为牛的蛋白质来源。我小时候以为牛只靠吃草就可以长得很壮，其实牛是依靠微生物作用才能维持这么庞大的身体。

我在这次采访中学到了许多，再次认识到牛是一种伟大的生物。人们不吃的草或者像稻草一样没有营养价值的资源，都可以通过牛的肚子，变成牛奶这种伟大的食物。约在八千年前，牛开始与人类共同生活。如果没有牛，人类就不可能存活到现在甚至发展出文明。

在我的附近有一头闹着要喝奶的小牛，母牛轻柔地应付着它。中洞牧场的牛奶被称为"奇迹牛奶"，确实如此。因为母牛为了养育小牛，将青草变成乳白色的牛奶，这本身就是奇迹。

第五章

两种调料

二つの調味料

日本的辣酱油

〈辣酱油〉滨松 鸟居食品

辣酱油究竟是日本的调料,还是外国的调料呢?

辣酱油原本诞生在英国的伍斯特郡。至今仍保留着原始形态的李派林(Lea & Perrins)辣酱油里有小公鱼和酸豆,有股明晰尖锐的味道。

这种酱油在明治时期进入日本,那时被称为"西式酱油"。后来以神户和大阪为首,日本各地都开始制作它。在关西有"三矢辣酱油""锚牌辣酱油",关东有"斗牛犬辣酱油",中部地区有"可果美辣酱油",它们有着各自的味道。

在战争中,因为炸可乐饼等西方的食物出现在海军和陆军的食物里,这种酱油得以完全占领日本人的餐桌。它的浓重焦茶色就像大家熟悉的酱油,而且有独特的果香味,因此在战争中缺乏糖分的人们将辣酱油的味道变得越来越甜。

日本的辣酱油有浓重的焦茶色,甜味和鲜味很强,而且味道温和，与原本的辣酱油相似却又不同。日本人按照自己的喜好，将原材料中的小公鱼换成了昆布等，这让它进化成了日本独有的调料，简直可以说辣酱油是和式调料了。日本人的专长就是引入外国文化，将其内化成属于自己的东西。

到了1964年，关东的万字牌开始发售"中浓辣酱油"。大家知道"辣酱油""中浓辣酱油"和"炸猪排辣酱油"之间的区别吗？日本农林产品基准（JAS）以黏度将它们分为辣酱油、中浓辣酱油和浓厚辣酱油（也就是炸猪排辣酱油和御好烧酱油）。各家生产商添加的材料不同，但是如果黏度变了，种类就随之变了。

关西人喜欢御好烧、章鱼丸子和炸串，他们形成了以辣酱油为中心的文化圈；酱油文化早已深入关东以北的地区，所以他们形成了用中浓辣酱油搭配各种食物的文化圈。

酱类有极强的地域性，旅游时会遇到不可思议的饮食文化。比如在九州、福井县与和歌山县，人们用辣酱油配天妇罗，外地人会感到诧异："居然不是用天妇罗蘸汁？"

不同地区有不同的受欢迎的厂家。比如在关东地区最有名的是斗牛犬辣酱油，但是在关西地区，它的市场很小。反之在东京，关西的锚牌、Oliver、赫尔墨斯辣酱油很少见。在中部地区受欢迎的是可果美与香味牌辣酱油。在辣酱油界，不仅有"本地辣酱油"这种说法，而且据说日本全国有一百三十多家辣酱油生产商，每一家都有当地的味道。

一般而言，辣酱油的味道越靠东越辣，越靠西越甜。在位于中间位置的滨松市，有鸟居食品制作的"鸟居辣酱油"，这是静冈县的知名产品。

鸟居食品创业于大正13年（1924年），原本是个用远州特产白萝卜做"泽庵腌萝卜"等酱菜的店。创始人鸟居德治是个好奇心旺盛、喜欢新东西的人，他开创了制作辣酱油的事业，他的继承人、第二代当家谦一将商品卖到了学校和自卫队，甚至还有本田、雅马哈和铃木等位于滨松的企业的食堂。

我从滨松站出发前往鸟居食品。工厂位于离车站不远的住宅区，附近飘荡着辣酱油的香味。

第三任社长鸟居大资先生迎接了我。

"咱们先来参观工厂吧。"

工厂很古老，锅也不大。

"这真是有年头的工厂呀。"

"很旧吧。我觉得是时候了，现在正在准备建新工厂。"

此时正好要向锅里加切好的蔬菜。

"有的工厂会靠添加蔬菜酱和粉末降低生产成本。但是我们从创业开始一直用新鲜蔬菜做辣酱油,因为原料还是新鲜的好,所以我们尽可能使用滨松本地产的蔬菜。"

需要充分加热蔬菜,引出它的甜味和鲜味。中浓辣酱油的原材料中有百分之四十是蔬菜。

下一个步骤是粉碎变得十分柔软的蔬菜,添加其他材料,继续煮。因为没有过滤,所以它保留了蔬菜原本的味道。其他的材料都标有产地,比如糖是鹿儿岛县种子岛产的粗糖。需要煮四个小时以上,因为醋在高温环境中会挥发,所以温度管理很重要。

醋是辣酱油中重要的成分。

"辣酱油主要靠醋。"鸟居为我讲解。他们的醋是用当地酒窖产吟酿时剩下的酒糟发酵两个月做成的醋。其实辣酱油里有20%是醋,因此不能怠慢。我参观的酿醋工厂除了酿米醋,也酿蜜柑醋等。

"你们的醋也是自己酿的呀。"

"最初是因为跟我们合作的酿造厂不干了,所以我们就自己做了。从那之后我们一直都自己酿醋。"

下一步是为煮好的酱添加香辛料,加入香辛料之后立刻就有了熟悉的辣酱油味道。

"大公司会使用香辛料粉末,但是我们从上一代开始一直使用完整的香辛料。您可以想象一下茶叶,比起茶粉,完整的茶叶更不容易发出苦味。如果用粉末,就会出现杂味。完整的香辛料最初的味道很柔和,只是在制作时需要很大的量,我有时会觉得太过丰盛了。"

辣酱油有了香辛料的味道之后,要将它放进木桶中熟成。鸟居辣酱油的一大特征就是会熟成两次。用木桶熟成的工厂很少见。"前面的两个桶已经用了九十年,里面的比较新。我们至少熟成一个月,这样味道就会更浓厚。说真的,我不知道使用木桶的好处的科学依据,但是味道确实不一样。"

鸟居的辣酱油以昆布和木鱼花为底味,还带着蔬菜的甜味和柠檬的酸味,味道清爽。木桶使得它的味道更日本了。

我在直销处兼事务所继续采访鸟居先生。鸟居从庆应义塾大学毕业之后,在斯坦福大学作为研究生学习国际关系,回国后在贸易公司工作。鸟居说当白领时真开心,他之后又跳槽去了通用电气。

"我在贸易公司进行企业研究,当时研究的就是通用电气。我对这家公司很感兴趣,偶然得知他们在招人。我和同事约好了，'似乎在招人，一起试试吧'，并且投了简历。但最后真正投简历的人似乎只有我。"鸟居苦笑着说。

"在我跳槽的时候，通用电气的首席执行官是杰克·韦尔奇（Jack Welch），这家公司很有趣。"

鸟居当时被分配到监察部（Corporate Audit Staff）。这是一个集团内的组织，负责监察位于世界各地的通用电气集团公司的会计状况。

他以在每家公司待四个月的速度，一年内去了三家公司。他要在与公司进行沟通交流的过程中提取信息，要有提出解决问题的方案的能力。在日本工作没有什么不好，但是通用电气的世界完全不一样。

他有时要在深夜潜入公司，寻找公司隐藏的问题。每天过得简直就像小时候看的侦探电影一样刺激，时间在不知不觉中就溜走了。

当然，工作经历中并非都是开心的事情。2001年，美国发生恐怖袭击事件，鸟居当时正好在纽约工作。

"9·11的时候，我正在一幢离世贸中心约50米的大楼的六层工作。我从窗户向外看，看到了滚滚浓烟，但是办公室里的气氛十分平静，'又是恐怖袭击啊'。这时候天上掉下来许多文件，是投资银行的内部文件，大家觉得这真糟啊。"

接下来的一瞬间，第二架飞机撞进楼里了，发出极大的爆炸声。

"我们拿着笔记本电脑和文件，通过楼梯去避难。我记得当时是集体行动，所以十分冷静。但是世贸中心倒塌之后，我办公的楼也不能进了，后来我再也没能回去。"

过了不久，从老家传来父亲病倒的消息。父亲因动脉瘤破裂被送进医院，虽然在长时间的手术后活了下来，但是不能工作了。

于是鸟居立刻回国，回到了老家的鸟居食品。

"您心里抵触继承祖业吗？"我问。

他将双手抱在胸前，思考了一会，慢悠悠地回答："没有很抵触吧。我在通用电气的时候，身边有许多有野心的同事考虑创业和做某方面的事业。所以我开始掌控这个公司的时候，很期待自己可以做什么。"

年轻的他十分有野心。他很熟悉企业财务，而且这家公司的规模刚好可以验证自己的实力。

在回国的第二年，他作为第三代当家就任社长。

"食品业界的利润很低，所以不会吸引外资。反过来说，如果不追求利益，就可以保持稳定。虽然辣酱油的业界规模在渐渐缩小，但是从几年前稳定在六百亿日元出头。因此对我来说不是坏选择。"

他有改变公司的自信。当时鸟居食品的顾客几乎都是使用大包装商用商品的本地店铺。因为无法将顾客范围扩张到工厂或者是公司食堂，所以销量有减少的倾向。公司职员趋于老龄化，设备也逐渐老朽。虽然用来熟成辣酱油的木桶很稀有，但它从创业时起一直用到了现在，还要用古老的充填机将制品一个个手工灌进玻璃瓶。

"问题在于我在通用电气那样的大公司做的事情，在日本的小企业不适用。我当时想，总是有办法的。但是设备的折旧期限到了，我们没有票据或者借款。父亲没有投资设备，也许是因为他看到了放弃事业的可能性。"

鸟居开始分析现状，分析地方的辣酱油生产商能否存活下去。因为锅很小，只能小规模生产，那么就成为顺应顾客需求的辣酱油公司吧。为此，要改变销售额偏重商用制品的现状。他在公司里这么说的时候，比自己年长许多的员工的脸上露出了复杂的表情。

"现在买商用制品的顾客，几乎都是多年的熟客，他们对我们有恩。"

改变公司的经营方针很难。在顾客调查中,反馈最多的不满是"容器漏液"。但是大公司的塑料容器应用了许多专利技术,中小企业用不起。

鸟居每天一早就出勤,坐在桌子前。他已经有了对未来的想象,但是不知道找谁做什么工作。不久他就明白了,之前的自信只是错觉。他发现自己什么都做不到。

"最后,我没有进行改革,而是选择花时间适应祖业。辣酱油有许多味道,有做炸猪排的店请求我们这样的公司制作独特的辣酱油,之后在自己的店中进一步加工,做出独特的味道。我虽然生在了辣酱油生产厂,但是对于制作辣酱油一窍不通。"

在他刚刚成为社长的2004年,滨松要举办滨名湖鲜花博览会。农业协会的人问他,能不能用当地的蔬菜制作辣酱油。

滨松本身就是适合培育蔬菜的地方。以此为契机,鸟居开始使用本地栽种的原材料,并考虑也许这能成为卖点。

制作辣酱油的手法十分复杂。如果想要做更好吃的东西,只有花费更多劳力。虽然鸟居不顾时代发展,回归手工制作,但是制作效率却渐渐提高了。这是因为他重新制定了记账方法和运输方法。他们曾经做过酱油,但是因为盈利空间太小便放弃了。之后，他创造了回归本业、全力制作辣酱油的公司体制。

对继承祖业的鸟居，父亲什么都没有说。但最终公司职员的年龄层开始发生变化。

"我没有改变商品本身，起初只换了包装。这发生在我当社长的第四年，也就是2007年。"

用纸盒当包装可以减少贴标签的劳动，而且在零售店中很显眼。厚纸可以保护瓶底和四周，使瓶子不容易碎裂。而且玻璃瓶可重复利用，也利于环境保护。他将玻璃瓶的不便变成了强项。

"我曾以当地的家庭主妇为对象展开调查，问她们用辣酱油做什么。结果如我所料，第一名是咖喱，第二名是汉堡肉。但是我没有想到，第三名是蛋包饭。"

"蛋包饭？"

"嗯。我平时会加番茄酱做蛋包饭，西餐厅也几乎都用番茄酱。可我在阅读调查问卷时发现，很多人不习惯番茄酱的酸味，也有人认为它的味道太浓了。我想这或许能成为新商品吧。"

于是他立刻开始开发蛋包饭用的辣酱油。他以过去开发的、重视引出素材味道的"西餐厅的基础辣酱油"为基础，为其中加入番茄等原料，做出了"让蛋包饭更好吃的辣酱油"。

"周围的人都摇头,说:'番茄酱够用了,这恐怕卖不出去吧?'而且我用了很多蔬菜,很难从瓶子里倒出去。但是发售之后,它成了人气商品。"

"让蛋包饭更好吃的辣酱油"获得成功,现在也是每年销量超过一万五千瓶的人气商品。难倒出来这个缺点,也被大家以"这是因为用了很多蔬菜"为由好心谅解。

鸟居得到了极好的反馈。从此他每年都会制作新商品并推向市场。比如在家里做咖喱时,常要照顾孩子的口味,做味道不辣的咖喱。于是,鸟居为想吃辣咖喱的大人们制作了咖喱专用的"让咖喱变得香辣的辣酱油"。他还将当地特产蜜柑汁做的醋、静冈县产的酸橙汁和酱油混在一起,制作了"鸟居的柑橘醋"。

"柑橘醋卖得很好,因为我用本地产的柑橘当材料,所以得到大家的好评,而且它很好吃。"

2010年,《料理通信》杂志将"过去的辣酱油"选作"全国宝藏食材"之一。人气酒吧"Rock Fish"的店主间口一就评价它"像巧克力一样。甜味、鲜味、香气,都找不出缺点"。它在257件提名商品中,取得了综合评分第四名的极高好评。

但是在杂志刊登的对谈中,有一位审查员兼美食记者向笠千惠子指出,"这种'过去的辣酱油'的味道和生产商的态度都很好，但是其中含有焦糖色素，有些遗憾。"作为零售店代表担任审查员的阿出川光俊是高级超市"Escamare"的常务董事，他对此的评价是："色素问题确实很难解决。我曾经在过年时进了用天然色素做的红白鱼糕，但是颜色最多保持三天。有许多顾客投诉，从此再也不进这种货了。'过去的辣酱油'也许有含焦糖色素的理由吧，但是不加色素的生产商也一定有不加的理由，要是生产商能准许参观并且公开信息就好了。"（《料理通信》2010年10月号）

焦糖色素是制作辣酱油特有的酱油色时必不可少的材料。它被分为I类到IV类，使用范围最广的I类与家庭料理中做布丁时使用的焦糖色素完全一样，在安全方面没有任何问题。

但是向笠是饮食文化研究专家，也是农林水产省的"农山渔村乡土料理百选"选定委员和"当地的真正食物审查"专门委员。她的批评刺痛了鸟居的心。焦糖色素确实是食品添加剂。虽然"让蛋包饭更好吃的辣酱油"以无添加而自豪，但是辣酱油类产品做得仍远远不够。

"我想，那么就把焦糖色素去掉吧。想得很简单，但是我在四年后才做出了新口味。最后我们自己制作焦糖，使它得以成为无添加产品，而且还可以调整甜度。我们选用米粉来作为中浓辣酱油的淀粉。我想这样就可以向客人们做出交代吧。"

新的鸟居辣酱油有昆布和鲣鱼干味。

"这是一个难点。我们的辣酱油没有冲击性的味道,加入鲣鱼干之后,味道变得更圆润了,十分令人惊讶。这终于让我有了步入正轨的感觉。"

辣酱油生于英国,漂洋过海,不断进化,与日本的味道融合,成了日本的辣酱油。将日本辣酱油带到国外后,也得到了很好的评价,人们接受了它的新鲜味道。

"我偶尔会想起祖父。作为创业者,他在制作辣酱油时的心情是怎样的?我想在大正末期,辣酱油应该还是一种有异国香气的全新调味料。"

在辣酱油的味道中,有明治维新后日本人沿着发展道路追赶西方的积极热情。当然,现在时代不同了,不会再做相同的事,但是我们可以继承这种志向。

"也许是我的性格使然,我一直得到其他人的关照,才一步步脚踏实地做到了现在。因此,从今往后为了推广辣酱油,我也希望可以与其他生产商合作。"

采访结束了,我在下楼梯时提出了最后一个问题。

"您现在想象得出没有继承祖业的自己是什么样吗?"

他笑着摇了摇头。在日本的食品业界，有许多企业正在迎来转变期，在各处进行全新的尝试。默默努力着的生产商的商品既适口又美味。辣酱油生在英国，长在日本。而我们能从这沉稳、圆润的味道中学到什么呢？

有蛋黄酱的人生

〈蛋黄酱〉埼玉县 七草乡

无论哪种人生都会遇到岔路口,有时小小的决定会影响未来走向。但是很久之后才会发现有另一条道路。通过一个个决定性的选择,人们才拥有了现在的自己,只是在做选择时尚不明白。

日本蛋黄酱的历史始于1925年,最初是丘比公司生产了瓶装蛋黄酱。丘比至今仍是第一大公司,商用产品方面的第二大生产公司是Kenko。此外还有味之素公司生产家庭用蛋黄酱。这三家公司几乎占领了全部市场。

外国人也很喜欢日本的蛋黄酱,在面向美国的专业人士的食谱网站上,有"日本丘比式蛋黄酱"的食谱。做出接近日本口味的秘诀在于使用葡萄糖浆与味精。大公司的产品的成分表上一般写着"原材料:氨基酸等"。我的意图不是批评,只是人们觉得调味料的味道比原材料更好,这令我感到困扰。

我会因为想吃不含化学调味料的蛋黄酱,而选择中小企业生产的商品。说到追求自然风味的人会买的蛋黄酱,就是"松田蛋黄酱"了。

从东京都内出发,开车约一个多小时,就可以到达"松田蛋黄酱"的工厂。它在埼玉县神川町,位于埼玉县与群马县的交界处。

神川町是一个安静的山村,工厂四周都是农田,旁边有河流经过。

早上六点,四周仍是一片昏暗,早班的工作人员就上班了,点亮了工厂的灯光。工厂就像常见的食堂后厨一样小,他们在这里进行制作的第一个步骤——打鸡蛋。

工厂中回响着蛋壳碎裂的声音,颇有节奏。从创业至今,这个景象从未改变。因为大家平时在超市里买蛋黄酱,可能不知道所有的鸡蛋其实都是手工打的。

这些鸡蛋来自十家值得信赖的平地放养式养鸡场。下一步是为打好的鸡蛋加入盐、香料和略微间接加热后变软的蜂蜜等,搅拌后排出空气。此时要仔细过滤,注意不要让它含有多余的空气。因为空气会导致油脂酸化,这是蛋黄酱制作的大敌。

"我们通过手工打鸡蛋，确认每一个鸡蛋的状态。因为养鸡场的想法、饲料，养鸡的时期和场所等不同，所以蛋黄的颜色也不同。我们要将它们搅匀，以此调整颜色。"白发白须的松田优正社长慢条斯理地说。

松田原本在练马区的大泉学园经营名为"七草"的自然食品店。经济高速成长期的扭曲发展导致环境污染事件出现，作为反省，从二十世纪七十年代中期开始，JAC（日本农业联盟）和"守护大地会"等组织开始自行销售有机食材。原本过着自由生活的松田开始为JAC进货，后来独立开设了自己的店。

到了八十年代，自然食品开始流行，他的面积只有十几平方米的小店生意很好。店内商品之一就是茂木豆腐店的豆腐。

"我一直拜托茂木先生做豆腐，有一次，他失去了其他合同，没法继续开店了。大家为了支持茂木先生，纷纷进他家的货。不过可以买到这么便宜又好吃的豆腐，他才真是帮了我的大忙，客人们也很高兴。茂木先生也是我的酒友，我受到他的理念影响，认为如果做出来好东西，就一定可以卖出去。茂木先生坚信好东西就是好东西。我在工作时也追随着他的姿态，他为我带来了莫大勇气。"

松田开始制作蛋黄酱的理由是养鸡场送来的鸡蛋有剩余，

他不想浪费。虽然他没有加工食品的经验，但是他很熟悉食材。

"蛋黄酱嘛，在家里用碗就能做……呀，做不了啊。在这种心理变化中，我开始制作蛋黄酱。"

松田说要做蛋黄酱的时候，朋友们不同意。因为蛋黄酱不是人们愿意花高价购买的食物。

我问松田为什么要做蛋黄酱，他说："没钱的时候，我喜欢吃面包蘸蛋黄酱。"看来，松田本人对于蛋黄酱似乎也没有很特殊的情感。

那时的他没有任何食品加工经验，便开始读在书店里找到的《蛋黄酱调料入门》这类面向食品加工业界的书籍。根据JAS的公告和品质表示基准，他得知蛋黄酱这种食品：

"需要使用蛋黄或全蛋制作，而且除必要原材料蛋黄、蛋白、蛋白加水分解物、食盐、砂糖、香辛料、调味料（氨基酸等）和香辛料提取物，其他原料一概不允许使用。原材料中食用植物油脂的重量要占总重的65%以上。"

也就是说，蛋黄酱的味道差异来自原料的差异。

在反复尝试之后，他制作出了"松田蛋黄酱"。1985年，他向住在新座市畑中的朋友借了一间仓库当作工厂。那附近有树林、住家，还有印刷装订工厂，是个杂乱的地方。

"我们现在会用机器混合,但是经历了不少错误尝试。我刚开始试着添加过芝麻油和椿油,后来发现能用的原料只有一部分。大家说蛋黄酱很好吃,这是因为我只用有保障的高质量原材料。"

一般而言,大量生产的厂家会使用高剪切真空乳化机,就是将所有原料放在同一个容器里,一边抽空气一边搅拌的机器。但是松田选择了使用三根细管一点点混合鸡蛋液、油和醋的连续乳化法。这不是适合大量生产的方法,但是它的原理与用打蛋器和碗自制蛋黄酱一样。

包装的背面详细地记载了所有原料的信息。油是米泽制油的压榨菜籽油,醋是有机纯苹果醋,食盐是"海之精",还有百分百使用芥菜种子制作的芥末酱、国产大蒜、有机白胡椒(不是香料提取物!)。为了保持酸甜味的平衡,他选用的蜂蜜是亚洲最东部的地区、海参崴附近的双城子(乌苏里斯克)产的菩提树蜂蜜。

"如果蛋黄酱里没有甜味,味道就不会统一。我不想用白砂糖,想要使用自然甜味,就选择了蜂蜜。我发现它的味道居然与苹果醋的味道很配。油是无添加沙拉油,这种最好……我就是这样自然而然选择了这些原料。我希望大家能看看包装背面的原料信息，对自己所吃的食物产生兴趣。"

那种蜂蜜是松田蛋黄酱特有的，正是它为松田带来了成功。

制作蛋黄酱也为养鸡场提供了好处。平地放养与使用鸡笼的现代养鸡法不同，鸡蛋的差异很大。因此松田会优先使用各家养鸡场多余的鸡蛋，这可以减轻养鸡场的损失。松田蛋黄酱在刚开始制作时品质差异大，而且被批评不好吃。但是松田的朋友们仍然帮他销售，客人们也继续购买。

"我的蛋黄酱分辣味和甜味两种，客人可以按照喜好选择。两种味道的差异在于芥末酱的含量。虽说是甜味，其实不甜，只是不辣而已。对于客人来说选择的过程很有趣，而且我生产两种味道也是为了满足客人的需求。"

"哪个卖得好？"

"辣味的。我们也觉得辣味更好吃。"

早上八点半开始进行乳化工序。将鸡蛋液、菜籽油和苹果醋混合在一起，它们很快就变成乳浊液，流进大缸中。将它装进容器，蛋黄酱就做好了。接下来是包装与装箱。对了，设计出好看包装的人是和田诚[1]。包装图案是刚下了一个蛋的鸡，画面十分活泼，画中的鸡仿佛即将发出鸣叫。

---

[1] 和田诚（1936— ），日本设计师、随笔家、电影导演。

制作过程很简单，虽然用了机器，却有种手工活儿的感觉。松田蛋黄酱不做推销，也不囤货。

"如果增加工作人员、扩大生产量，就没有家庭制作的感觉了。所以我们不打算扩大规模。"

仓库里有米泽制油送来的沙拉油罐。说到家庭制作，我拜访米泽制油的时候也有这样的感觉。

制作松田蛋黄酱原料之一"菜籽沙拉油"的米泽制油位于埼玉县熊谷市，从车站开车约十分钟，经过有些颠簸的路，就可以到达总公司和工厂。它创业于明治25年（1892年），至今只生产菜籽油。

大公司为了运输进口原料，会将工厂设在海边，但是米泽制油的工厂和公司都在山里。这是因为过去要去附近的农户家里收集菜籽并榨油。埼玉县以前有六十多家制油工厂，如今只剩米泽制油一家了。

米泽制油与"生活club"生活协会合作，开发出了以压榨法制作的菜籽油。目前在日本制作非转基因菜籽油的公司，恐怕只有这一家。我采访了其董事长森田政男先生与技术顾问山崎荣先生。

"1968年发生了米糠油中毒事件，我们开始生产菜籽油的契机是希望为大家提供安心安全的食用油。米糠油事件引起了严重的健康事故，它的发生原因是米糠油中混入了多氯联苯。多氯联苯是油脂脱臭工序中使用的导热剂。因为这起事件，我们公司决定不使用任何化学制剂，包括提取沙拉油的时候，会使用的正己烷这类石油制品。"

他们给我展示了一般提取用的正己烷液体，它的气味就像石油一样，怎么看都是石油制品。人们为了从原材料中充分提取油分，发明了抽出法。如果将原材料与正己烷混合，原材料中的油就会析出。而加热之后，正己烷会蒸发，只剩油分。通过不断重复这个过程，就可以将原材料中的油彻底提取出来。当然，正己烷具有挥发性，没有安全问题。

"加入正己烷不危险。我们只是因事故的教训，认为不应该使用化学试剂。我们坚持使用以前的压力榨油法。而且精制沙拉油会使用磷酸、草酸、氢氧化钠和矿物干燥剂等化学制品。我们也不使用任何这类添加物，所以选择了热水离心机法。"

我第一次听说热水离心机法，这是一个好方法。简单来说，就是用热水代替化学试剂去除杂质。因为水和油不互溶，所以可以用离心机去除水分。由此可以知道市面上的沙拉油和热水离心机法做出的沙拉油不一样，前者在制作时经过化学处理。

"我们使用井水去除杂质。以前需要处理十二次，现在的技术进步了，只需要六次。下一步是在真空中加热除臭，然后沙拉油就做好了。"

热水离心机法做的菜籽沙拉油有淡淡的颜色，这是因为菜籽残留下了一点叶绿素。

和大厂商的制品对比，区别一目了然。尝一尝则更容易明白，大厂商的油质地黏稠，而米泽制油的油质地清爽。

"据说我们的油不会对胃造成负担。有一位客人做过胃部手术，不能吃油腻的食物，但是他告诉我们'可以吃你们的油。就算吃用它做的天妇罗，身体也不会不舒服，真是帮了大忙'。我想，世上也有这样的事情啊。当然，我们的油是无添加油，也不含硅或柠檬酸。"

餐饮业使用的18升大桶装食用油中往往含有许多硅，含硅消泡剂的油即便在炸大量食物时也不会让油花四溅。当然，硅是被承认的食品添加剂。

顾问山崎先生说："硅的问题在于，它让我们无法判断不起泡的油的品质有没有下降。真正的油在劣化时会起像螃蟹吐的沫一样的小泡，我们可以据此判断。不使用过高温度、活用原料好好造的油本身不需要硅和柠檬酸。"

很多人吃外卖的食物时胃会不舒服，这是因为油不好。在餐饮业一线工作的人也很少注意到用油问题。

参观工厂时，社长首先为我展示了原材料菜籽。这是非转基因菜籽，而且没有使用其他原料，无须担心杂质的问题。

"这是西澳大利亚产的菜籽。我们只用非转基因原料，在集装箱运输等环节中会以最高程度的警惕注意防止异物混入。我们以前也进口加拿大的菜籽，但是在加拿大，转基因作物在1996年得到栽培许可后，规模急速扩大，导致我们很难获得非转基因原料。澳大利亚自2009年起可以栽培转基因作物，但是我们与坚持栽培非转基因作物的生产商合作以确保有原料可用。"

仓库深处堆着许多珍贵的日本产菜籽。

"生活club也会为我们提供帮助，我们从1991年开始大量使用国产原料。青森县横滨町、北海道泷上町等地栽培油菜，我们负责榨油。现在菜籽的自给率只有0.03%，其中一半以上被我们用了。"

米泽制油是家小公司，却是国产菜籽油的大支柱。他们不仅制作混合油，也制作百分百国产菜籽沙拉油。澳大利亚产的菜籽里会混着荚，但是经过精心挑选的国产菜籽里只有种子。

"耕地面积与国民性都与我们不一样。有些澳大利亚产的菜籽，还没长熟就被收获了。"

对于日本人来说油菜是重要的农作物。在江户时代，油菜栽培广泛普及，成为照明用油或食用油的来源。现在比叡山和伊势神宫等地仍使用菜籽油灯照明。代表江户饮食文化的"天妇罗"也因菜籽油的出现而诞生。

油菜也是为日本创造景观的农作物。与谢芜村曾写过"油菜花呀，月亮在东，太阳在西"，正冈子规曾写过"油菜花在麦田四角盛开"。油菜作为水稻的套作作物被种植，人们很喜欢它美丽的花。但是自从发现本地的菜籽油中含有芥酸，大量食用会导致心脏问题后，油菜花遍地的风景便消失了。

那以后，日本的油脂几乎全部依靠进口。菜籽油制作的复活，主要是因为东北农业试验场开发出了几乎不含芥酸的"木崎油菜"。试验场之后又开发出了其他几个品种，高龄化的地区乐于种植油菜这样相对省力的作物，其他地区也开始尝试依靠栽培油菜振兴地方经济。

"国产和进口的价格差有多少？"

"多亏国家补贴，国产的菜籽价格只有进口的 1.5 倍。油菜不适合连续种植，而且它是套作作物，如果另一种作物使用了农药，它就无法成为有机产品，这是一大缺点。油菜栽培一般不用农药，但是依据田地状况，可能会为套作作物使用。"

如果增加国产菜籽的比例，自给率会提升，也会守护住山村春天的美丽景色。菜籽虽小，却寄托了人们的许多念想。

我闻了闻菜籽，有股草腥味。使用前需要先进行焙煎，既能改善味道，也能让它更容易出油。焙煎工程要用砖造的气体燃料式焙煎机。

"旋转焙煎机就能让温度上升，在温度不同的夏天和冬天，可以依据气温变化简单调整温度，所以要经常检查。"

煎好的菜籽被放进粉碎机进行粉碎，粉碎好的菜籽就被放进压榨机榨油。刚榨好的油很香，味道也好，香气类似花生油。我想，江户时代的天妇罗就是用这种油炸的吧，真有趣。

"这是初榨油，以前大家都用这种状态的油。现代人太过在意味道，所以还需要进行精制。如果给精制后的油里掺一些这种味道重的油，就会让味道更好。"

下一步的精制工程可以去除初榨油里的苦味和卵磷脂，接下来将油与热水混合，用热水离心机法去除杂质。之后经过脱臭与过滤，沙拉油就做好了。过滤使用的是十六层无漂白滤纸。

"它的过滤效率最好。但是无漂白滤纸很贵,漂白过的反而便宜,真奇怪。"

我尝了尝刚做好的油。后味清淡,会立刻消失,只剩下油香味。与之相比,超市卖的特价油算什么呀。这种油既安全又令人安心,而且最大的优势在于味道。如果在转基因问题方面陷入"支持"或"反对"的二元论,往往就会忽视"是否美味"。

用米泽制油的油做菜,菜会更好吃。橄榄油虽然万能,但是个性极强,会左右味道的方向,而这种油的味道就不会占据主导地位。

"美味的理由是什么呢?"我问顾问山崎先生。

"这很难说明呀。因为酸度和脂肪酸组成的分析结果中,数字方面没有很大差异。但是就像森田刚才说的一样,有客人说用这里的沙拉油不会对身体造成负担、没问题,这其中一定存在理由。我想这就是那个理由吧。"

他拿起正己烷的瓶子,说:"如果使用析出法,就要将正己烷和原材料混合之后加热多次,但这会让油受热。就算精制之后的油的分析数据很好,也可能已经产生了某种影响。油的敌人就是热和氧。如果使用压榨法,就可以将影响控制在最小范围。也许也有这一点理由吧。"

油在每次加热后，品质都会变差。只要不过度加热，就算分析数据没有变化，也会呈现出众的味道。菜籽渣也有利用价值，可以当土地肥料。油菜没有一点多余的部分，真是好作物。

"我们使用非转基因原料，也没有使用药品和溶剂，所以菜籽渣里留下了很多油分。有机农户很喜欢用它，也时不时会来参观。"

还曾有农户带着自家的菜籽过来请他们榨油。这是只有理解人与人之间的联系的公司才能做的工作。

松田蛋黄酱选用经过精心挑选的材料，它的简单的美味渐渐得到更多人的支持。

但是松田总觉得有些无法释然。

只用这种方法选原料，真的好吗？

说得极端些，松田自己虽然做蛋黄酱，但是原料全是用钱买来的。自然食品店"七草"中一如既往地摆放着合作农户精心培育的蔬菜。松田与业界人士一起举办研究会，前往生产地参观，与培育者交流。虽然见识广了，但是他开始疑惑，自己真的了解自己的食物吗？

在刚开店的时候，松田为客人们讲解什么是无农药蔬菜。

他记得在讲解结束后,有位客人对他说:"但实际情况是什么样?这些菜又不是你种的。"

客人不信任他,这令他感到惊讶,但是他也意识到对方看出了自己的不自信。他希望自己可以生产至少能供自己生活的蔬菜,因此松田开始寻找合适的地方。他曾经考虑住在温暖的南伊豆,那里有温泉,而且有山有海。此时,沙拉油的提供方米泽制油联系了他。

"如果把油送到伊豆,要花一整晚。又不是偶尔去一次温泉,运输费用太高了。"

所以松田放弃了南伊豆。如此看来,离米泽制油所在的熊谷地区近的地方最合适。通过山木酿造的介绍,他终于找到了现在的位置。1993年,松田搬进了新建的工厂。

小工厂的红色屋顶上画着熟悉的母鸡插图,写着"松田蛋黄酱"。下面还有一行标语:通过无农药有机栽培的耕作,复活第一产业,提高国内自给率。

"那时候的订单不像现在这么多,我一边做蛋黄酱,一边种地。我栽培了大豆和小麦,自己制作酱油和味噌等。我很快和附近的农户成了朋友。亲自从土壤中培育食物,惊喜真是接连不断。播种、发芽……看着大自然的循环,我发现自己也变了。

首先是对气候变化变得敏感,接下来又开始关注地球的环境。酿造酱油时要做酱曲,细菌的生活真不可思议,这令我的心受到触动。"

有许多朋友来松田的家里玩。到了秋天,如果能收获毛豆,大家就会将它煮着吃,一起坐在屋外的椅子上一边喝啤酒一边剥毛豆。工厂的后面有比萨烤炉,他还会用当地产的小麦粉做面团,用味噌曲发酵面团,制作比萨饼。太阳在远处的群山中落下,山脊线被染成橙红色。在微风中与大家一起吃晚饭,这是都市生活没有的体验。

"自给自足很好。大家都种田就好了。我们需要向土地学习。"松田说着说着笑了。

我问:"如果大家都能自给自足,全部亲手制作食物,那蛋黄酱岂不是卖不出去了?"

"没关系,"松田说,"我什么时候都可以停止生产。因为大家一起种田更好。"

松田在搬家后运营了一阵位于练马区的自然食品店,但是在2001年,他将店铺转让给了其他人,"七草"商店关门了。那时蛋黄酱的产量每月平均有五万四千瓶。

松田准备一边制作蛋黄酱,一边耕地,悠闲地活下去。但是在2003年的某一天，一封通知书送到了松田家，寄信人是"独立行政法人农林水产省消费技术中心"。

本中心于前日购入贵公司的产品，依据加工食品表示基准（平成12年3月31日农林水产省告示第513号）与添加酱料品质表示基准（平成12年12月19日农林水产省告示第1667号）进行检查，不合格点如下，望速改正。

关于改正结果，请您尽早提出书面报告。

记

名称：蛋黄酱

商品名：松田蛋黄酱

净含量：300g

不合格内容：使用非蛋黄酱可用原料"蜂蜜"

"这封突如其来的通知吓坏我了。十八年间没有出过事，有种'凭什么啊？'的感觉。"

其实此前品质表示基准被修改了，蛋黄酱的成分表标注需要开始遵守JAS。JAS将糖类分为砂糖、葡萄糖、葡萄糖果糖液糖、果糖葡萄糖液糖、砂糖混合葡萄糖果糖液糖、砂糖混合果糖葡萄糖液糖和水饴等，其中没有蜂蜜。制造业从业者有遵守品质表示基准的义务。2002年7月4日，经过修改的JAS提升了公告可解释度与惩罚力度，如果违反规定，会被判处一年以下有期徒刑，公司要缴纳一亿日元以下的罚金。

喜欢松田蛋黄酱的人感到不满，为什么便宜的葡萄糖可以，自然的蜂蜜就不可以？他们发起了签名抗议。

"可以去农林物资规格调查会这个地方表达意见，我甚至还去了农林水产省。"

在农林水产省的调查会上，松田表示：蜂蜜的成分是果糖和葡萄糖以及矿物质等，符合规定中对糖类的要求。在JAS尚未对蛋黄酱做出规定的时候，有厂商将高价的鸡蛋和油的成分减少，换成淀粉等增黏剂，提供品质恶劣的商品，JAS正是为了取缔这些商品而被制定。添加蜂蜜不是为了降低品质，而是为了提高。

"希望在JAS第9节'调味料酱料相关规定'第2条'蛋黄酱的定义'与第3条'蛋黄酱的规格及原材料的规定'中，将蜂蜜添加到糖类里。"

松田的主张虽然有理，但是并不是调查会的所有人都认同添加蜂蜜。蛋黄酱协会派来的一位委员说："让我们再考虑一下。

如果加入蜂蜜，那么麦芽糖、枫叶糖浆该怎么办呢？我们有必要进行综合讨论。"

因此松田的提案被驳回了，他感到难以置信。为什么麦芽糖和枫糖至今仍不算糖类？没办法，他只能将商品名从"松田蛋黄酱"改成了"松田类蛋黄酱"，继续出售。

"那时候媒体正不断拷问错误的食品说明的问题，政府估计不舒服吧。但我也不是想惹事儿啊。"松田苦笑着说。

到了年末，农林水产消费技术中心给松田打了个电话。农林水产省也讨论过了，但仍不同意修改规定。

"调查会每五年开一次，所以就算修改的要求通过了，也是那个时候才通知。"

同年2月，蛋黄酱的老顾客和相关人士成立了"'松田蛋黄酱'是蛋黄酱！协会"，开始收集签名。签名在5月被送到农林水产省，陈情书在6月被送到调查委员手上。随着签名运动的兴起，这个问题开始被报纸和电视台等媒体关注。

"特别报道部新闻：JAS中砂糖合法，蜂蜜不合法，无法成为蛋黄酱的原材料！埼玉县生产者被农林水产省要求整改为'类蛋黄酱'，规定之中的'必要之恶'"（《东京新闻》）

"无法成为'酱油'与'蛋黄酱'，加工食品生产被JAS

阻拦"(《每日新闻》)

"顾客们要求农林水产省将商品名改为'蛋黄酱'"(共同通讯社)

许多新闻出现了。

"有人因为商品成为话题而得知并且购买了它,有的成了常客。非常感谢大家支持我,蜂蜜对于我们来说很重要。"

由签名运动而始,大家提出了各种要求。五年后的2008年,JAS的条款终于得到改正。

> "需要使用蛋黄或全蛋制作,而且除必要原材料蛋黄、蛋白、蛋白加水分解物、食盐、砂糖类、蜂蜜、香辛料、调味料(氨基酸等)和香辛料提取物,其他原料一概不允许使用。原材料中食用植物油脂的重量要占总重的65%以上。"(添加酱料品质表示基准平成20年10月16日农林水产省告示第1503号)

从此,"松田蛋黄酱"可以像过去一样,称呼自己为"蛋黄酱"了,并且包装背面加了一句感谢的话:"多亏了大家才有的'蛋黄酱'。"这场运动带来了令人意外的副作用。通过新闻得知"松田蛋黄酱"的人心想"用这么好的材料做的蛋黄酱,真想尝一尝啊",便特意寻找商店购买。吃过松田蛋黄酱的人又成为常客,于是生产量增加了。

"制作蛋黄酱时,哪方面最累?"我问。

松田听后说了句"这个问题啊",就陷入了思考。

"累……不累啊,"松田笑着说,"虽然没有劳累,但是有发生状况的时候。以前蛋黄酱的容器膨胀过,那时候真不得了。我们一如既往清洁工厂,味道没有出现问题。"

"原因是什么?"

"到现在也不知道。我们曾以为是二氧化碳和酒精导致细菌出现,这是用归纳法得出的结论。但是我们在各种检查机构进行检查,没有发现细菌。吃下去也没事。保健所要求我们提供样品,之后告诉我'剩下的都吃了,真好吃'。"松田笑了。

随后他慢慢地说:"我想只要生产食物,随时都有包装膨胀的可能性。"蛋黄酱的原材料鸡蛋可以孵小鸡,然后生长成年。食物本身就是生命。我们对生命仍然一无所知,也许这就是原因。

要说一无所知,人生也一样。从开始经营自然食品店到如今,已有相当长的岁月。二十世纪八十年代有自然食品热潮,也有泡沫经济崩溃。"失去的十年"[1]距今也已经过去了二十年。松田与激烈变化的日本经济没有关联,他只是不断地制作着蛋黄酱,现在已经须发尽白。虽然他心想可以随时停止生产蛋黄酱,但是仍不断制作着,不知不觉间蛋黄酱成了他人生的全部。

松田在"松田蛋黄酱"的包装背面印了《百姓道》这篇文章。

> 知道自己的界限且不奢求,通过山野海川的生命与自然共鸣,不与当今经济同流,务农是一种脚踏实地的生活。人耕地,大地养育人。

他只想这样活下去。肯定只是这样。

"我希望能够重视'食物来自土地'这一点。"

松田将视线移向窗外。由土而生的食物促进着人与人之间的联系。今天与往常一样,时间在位于田野中央的工厂静静流逝。

---

[1] 日本泡沫经济崩溃后,自1990年起陷入持续的经济不景气状况,一直延续到二十一世纪之初,这段时间被称为"失去的十年"。

结 语

我在2011年3月末拜访了农场,这里的景色与往常一样。但是在我的眼中它显得有些荒凉,这是因为两个星期前发生的东日本大地震与同时发生的核泄漏事故在我们的心中留下了阴影。

产出食物的是土地。土地被污染,导致日本的餐桌发生了极大变化。在那珂川制作春驹屋味噌的五月女先生告诉我,他们的口碑受到了影响。"口碑变差的恐怖之处在于它并没有实际的依据。喜欢自然食品和无添加食品的消费者非常敏感,在核泄漏发生后,市场出现了强烈抵制茨城县、栃木县和福岛县一带产品的倾向。虽然我理解家长们担心孩子的心情,但即便没有检测出辐射,大家仍然不愿意接受这些产品。在栃木县,遭受极大损失的正是制作有机食品、无添加食品并'全心全意生产食物'的有机农业生产商。"

味噌是在室内酿造的食品,与事故没有直接关系。可是五月女先生的商品销量降低了三分之一,甚至有人在电话中疯狂地斥责他,这使他感到很绝望。

"购买食物被视作消费行为,人与人之间的联系越来越淡薄。有个词是'一面之缘',但是食物生产者没有见过消费者的样子。"

在大地震后,鱼住也十分疲惫。虽然我能从他的语调中感受到对一段时间没见面的人的关心,但是他脸上的憔悴神情仍挥之不去。

"3月11日的前一天,有许多外国人来参加在日本举办的土地学会,并且参观了我的农园。"

没想到,正当鱼住为大家讲解日本土地的生物多样性时,地震发生了。

虽然地震带来的损失不大,但是看到电视画面中原子炉发生氢爆炸的场景时,他心想完了,至今为止做出的努力全部付之东流了。

过了几天,他的心情稍好一些。但讨厌的余震不断发生,他不断思考是不是必须停止有机农业了。有机农业使用的发酵沟技术需要收集落叶,但是现在这与收集飘来的放射性物质没有两样。

"当帮手的顾客减少了两三成，这些顾客大多是有小孩的年轻母亲。那时检查体制还不够完备，所以我想她们的不安远超出实际状况。"

鱼住一边说，一边为我展示几天前的报纸，上面刊登了一篇福岛县的有机农业从业者自杀的报道。鱼住说自己虽然不认识他，但他们是同一领域的伙伴，他感到很难过。

那天我们一边采访，一边收获胡萝卜。鱼住一如既往地招待我们吃晚饭。据说那天收获的胡萝卜会作为灾区支援物资送到东北地区。虽然鱼住感到十分烦恼，但为了支援灾区，他曾经数次前往东北地区。无论发生什么事情，人要活下去，必须要有食物。鱼住在帮助他们的过程中也获得了勇气。

几个月后我们再次拜访农园，发现鱼住变得比以前更精神。据说他开始与常总生活协同公会合作测量放射性物质含量，并且按照发育状况检查所有作物，甚至检查了山林落叶中的放射性铯含量。

"最大的问题是去除表层土还是将它混合在其他土壤里。考虑到我们不可能将这么广阔的农园的表层土全部剥掉，而且没法另外处理剥掉的表层土，所以最后我们选择了混合法。"

鱼住提出了一个假说。腐殖土中的腐殖酸和富里酸等含有羧酸基与羟基苯，它们可以吸附土壤中的农药和重金属，或许也能吸附放射性铯。他提取了在地震后受到高度污染的农田的土地样本，不仅检查蔬菜，也检查了山中落叶的放射性铯含量。

检测 10 月收集的落叶时，他发现其中每千克落叶的放射性活度为两千至三千贝克（Bq）。但是在 11 月，每千克落叶的放射性活度下降到了二百到三百贝克，只有十分之一。因此可以得出，土壤吸收的放射性铯并不多。其实农园的蔬菜里几乎都无法检测出放射性物质。

"震灾发生后从菠菜中检测出大量放射性铯，带来了恐慌。这是因为飘下的放射性物质附着在收获期的菠菜叶子表面。总之放射性铯不会通过土壤进入蔬菜内部，因为有机土中本就含有许多钾。也不用很担心放射性物质流进河里。也许土里的腐殖酸会与铯离子结合，颗粒状构造的土壤胶体也有可能通过电离作用吸附它。我们有必要在今后继续调查这一点。"

据说一克的土壤中生活着十亿多个细菌。一把土中居然生活着这么多生物啊。土壤在物质层面与理论层面都十分复杂，所有结构尚未得到完全解释。从事故发生到现在已经有五年多了，生产者们不断努力，目前，除野猪和野生菌之外的日本食物中已经检测不到放射性物质。人类的生计伤害了土地，但是土地比我们想象中更强大、更伟大。鱼住农园现在栽培着各种蔬菜，仍在用纸板箱将它们送到各位赞助者的手中。

我们的旅途始于拜访农户。在第一年，我通过一块田地学到了农作物的生长发育循环。从第二年开始，我以关东地区为中心，拜访了十几家有机农场，得知每一块土地都有自己的个性，不同的品种和栽培方法会使味道产生差异。而且我明白了，农作物的味道会反映出生产者的性格。

位于茨城县八乡的鱼住农园生产的蔬菜味道浓郁，千叶县佐仓市的林农园的蔬菜味道清淡。林农园的主人林重孝是江户时代初期的名主[1]家庭的后代，祖先是热衷于研究的农业家。我拜访他的时候，看到有许多前来学习的学生在工作。

在我参观的田地里，作物都长得很整齐，可以看出它们得到了精心管理。我有一种感觉，味道清淡的蔬菜更适合日本料理。林农园里有山药和红薯，但是农园在他这一代才开始发展有机农业。

"这是以前的事情了，山药需要经过漂白，红薯则要在磷酸

---

1 负责经营领主的土地、管理纳贡的阶层。

溶液里过一遍,让它的橙黄色更好看,然后才能出货。虽然卖价会高一些,但我那时却很疑惑,这究竟是不是值得做一辈子的工作?"

烦恼的林选择成为埼玉县小川町的有机农户金子美登的弟子,开始住在他的农园里研习农业。研修期很艰苦,他在一年后回到老家,开始务农。

"刚开始的时候,收获不到任何作物。看看我这里就知道,农场没有围墙,其他人可以看到里面的情况。我家以前是会有人坐大巴来视察的优秀农场,但是我刚接手时家人和邻居都对我说'家要被你败光啦'。那是最痛苦的时期。"

过了四五年,收获量开始增加。

"如果害虫增加,它的天敌也会增加,因为害虫也是食物。所以最终我得到了平衡。"

我拜访的每一家农园的蔬菜,都各有各的美味。我家附近的超市出售的有机蔬菜却不好吃。

最近高级超市开始出售"像柿子一样甜的白萝卜""像桃子一样甜的芜菁"。我对这种潮流感到疑惑,白萝卜该有白萝卜味,芜菁该有芜菁味呀。如果想吃像柿子一样甜的东西,不如直接吃柿子。

好吃的蔬菜在哪里？其实最近的研究表明，有机农业的作物并不一定比传统农业的作物好吃。

让味道产生差异的第一个要素是新鲜度。我最近去地方上的时候，看到经过的车站里摆放着许多蔬菜，卖得似乎很好。比起市场上流通的蔬菜，这种农户早上刚摆出来的蔬菜当然更好吃。消费者会在无意识中选择更好吃的蔬菜。

第二个要素是品种。在市场上流通的品种，都是生产者选择的耐放的品种，于是皮太硬、味道不好的蔬菜摆满了超市。也就是说，好吃的蔬菜不在超市，而在离生产地近的地方。

硝酸盐氮也会影响味道。有传言说硝酸盐氮在进入人体后会变成亚硝酸盐氮，危害人的健康，这是谣言。虽然很多科学之谜尚未被解开，但是目前认为硝酸盐氮对人体几乎没有影响。但是，硝酸盐氮含量高的蔬菜会有一股苦味，不好吃。

鱼住农园经常测量并努力抑制硝酸盐氮的含量。这与最近受到关注的自然农法，也就是不使用农药和化肥的栽培方法的目标一致。

以贩卖高质量食材闻名的超市福岛屋，会在商品上标注硝酸盐氮的含量。正因生产者注意到硝酸盐氮含量的问题，才使得蔬菜的品质提升。重点在于美味，有机农业和有机蔬菜只是选择优质食材的指标之一，本身不具任何代表意义。

对环境影响小常被用作推广有机农业的理由，其实它并没有明显优势。现在和过去不一样了，农药的分解作用变得很强，如果正确地使用它，就不会造成很大的影响。即便如此我仍然选择鱼住农园的蔬菜，是因为它比市场上的其他蔬菜新鲜，而且更重要的原因是我知道它的生产者是谁。

"有机"这个词包含着哲学思想。如果说它意味着"构成一个整体的各种要素间互相影响的状态"，那么这其实就是世界的状态。在一把土中，有看不见的细菌和微生物相互影响、共同生存。人类社会也一样在各处关联着，而我们不知不觉中却看不到这些联系了。我茫然地想，美味其实就诞生在从山到海的过程中，诞生在人与人的联系之中。

"吃"这个行为很私人，但是其中包含着各种要素间的复杂联系，它的内部有广阔的风景。我一边品尝美味，一边思考未来的餐桌。同时，心中挂念着我所生活着的这片土地。

后 记

本书得以完成，仰仗许多人的帮助。首先是在繁忙中腾出时间接受采访的生产者们，非常感谢。如果没有他们的帮助，就不会有这本书，他们对自己的工作抱有自信与热情，一心一意、全力以赴的姿态也使我拥有了勇气。遗憾的是，由于篇幅有限，有不少受访者的文章无法收录，每一位都很优秀，希望未来有机会为大家介绍他们。

本书最初是名为"日本食物遗产探访"的系列连载，责任编辑是 Diamond 公司的林恭子。几乎所有采访都由服部营养学校的教师、我的朋友志贺元清负责担任摄影师。在本书出版时，日本 Uni Agency 的铃木优作为中介，帮了我大忙。在此感谢这三位。

写书和做料理有些相似。我通过采访获得素材构思成文，就像将原材料做成菜品一样，都是把从生产者处获得的感动传递给其他人。

我们平时会以否定的眼光观察自己的国家。如果在网上搜索，关于食物有许多真真假假的信息。但是现在真的处在绝望之中吗？日本的饮食文化已经被破坏了吗？

通过思索食品的未来，以及实地采访，我所明白的事实是：日本的食物比过去更好吃了。当然也有例外，但是随着公害减少与食品质量的提升，消费者的意识也在渐渐变化。

我想分享日本的美味。当然，我也对水产资源等问题感到不安；也看到第一产业正在衰退，经济方面存在困窘之处。即便如此，吃到美味食物时所感受到的幸福不可能从这世上消失。而且我明白，只有与人分享，幸福才成其为真正的幸福。

参考文献

『月刊食生活』2015年5月号〈特集 卵〉, カザン

『沈黙の春』, レイチェル・カーソン 著, 青樹簗一 訳, 新潮文庫

『農業聖典』, アルバート・ハワード 著, 保田茂 訳, 日本有機農業研究会

『マギー キッチンサイエンス －食材から食卓まで－』, ハロルド・マギー 著, 香西みどり、北山薫、北山雅彦 訳, 共立出版

『「青空養鶏」のねらいとその利点 60年間の養鶏研究がもたらした最後の結論』, 高橋広治 著, 畜産の研究第23巻第11号

『どこかの畑の片すみで』, 山形在来作物研究会 編, 山形大学出版会

『野菜－在来品種の系譜（ものと人間の文化史43）』, 青葉高 著, 法政大学出版局

『翻刻 江戸時代料理本集成〈第一巻〉』, 吉井始子 編, 臨川

書店

『近世風俗志（一）守貞謾稿』, 喜田川守貞 著, 岩波文庫

『「持たざる国」の資源論』, 佐藤仁 著, 東京大学出版会

『体質と食物―健康への道』, 秋月辰一郎 著, クリエー出版

『味知との遭遇・キパワーソルト醤油物語』池田伊佐男 著, イケダ産業

『株式会社にんべん かつお節塾』, http://www.ninben.co.jp/katsuo/

『月刊食生活』2014年9月号〈特集 出汁〉, カザン

『対訳・焼津の八雲名作集』ラフカディオ・ハーン 著, 村松眞一 編訳注, 静岡新聞社

『ニッポン・ロングセラー考 Vol.69 ほんだし』,『COMZINE』NTT コムウェア, http://www.nttcom.co.jp/comzine/no069/long_seller/

『昆布と日本人』, 奥井隆 著, 日本経済新聞出版社

『漁業と震災』, 濱田武士 著, みすず書房

『日本の魚は大丈夫か 漁業は三陸から生まれ変わる』, 勝川俊雄 著/NHK出版新書

『たべもの起源事典』岡田哲 編, 東京堂出版

『湖は流れる――霞ケ浦の水と土と人』, 土の会 編, 三一書房

『TOKYO BAY A GO-GO!!』2013年第2号，108UNITED

『プロのための 牛肉＆豚肉 料理百科』別冊専門料理，柴田書店

『鶏肉の実力～健康な生活を支える鶏肉の栄養と安全安心～』，日本食肉消費総合センター

『幸せな牛からおいしい牛乳』，中洞正 著，コモンズ

『黒い牛乳』，中洞正 著，幻冬舎経営者新書

『日本の山地酪農』，猶原恭爾 著，資源科学研究所

『「松田のマヨネーズ」はマヨネーズだ！の会』http://www.geocities.jp/nonotobira/

※ 本书文章选自 Diamond Online 连载"日本食物遗产探访"，并进行了大篇幅补充和重新编辑。

※ 彩色插图绘制：太田侑子

OISHI MONO NI HA RIYU GA ARU
Copyright © Naoya Higuchi 2017
Chinese translation rights in simplified characters arranged with Naoya Higuchi through Japan UNI Agency, Inc., Tokyo
Simplified Chinese edition copyright: 2019 New Star Press Co., Ltd.
著作版权合同登记号：01-2019-0906

图书在版编目（CIP）数据

美味的理由／（日）樋口直哉著，焦阳译. ——北京：新星出版社，2019.8
ISBN 978-7-5133-3614-7

Ⅰ. ①美… Ⅱ. ①樋… ②焦… Ⅲ. ①访问记－作品集－日本－现代 Ⅳ. ①I313.55

中国版本图书馆 CIP 数据核字（2019）第 131194 号

美味的理由

（日）樋口直哉 著；焦阳 译

策划编辑：东　洋
责任编辑：李夷白
责任校对：刘　义
责任印制：李珊珊
装帧设计：冷暖儿

出版发行：新星出版社
出 版 人：马汝军
社　　址：北京市西城区车公庄大街丙3号楼　　100044
网　　址：www.newstarpress.com
电　　话：010-88310888
传　　真：010-65270449
法律顾问：北京市岳成律师事务所

读者服务：010-88310811　　service@newstarpress.com
邮购地址：北京市西城区车公庄大街丙3号楼　　100044

印　　刷：北京美图印务有限公司
开　　本：787mm×1092mm　　1/32
印　　张：7.625
字　　数：100千字
版　　次：2019年8月第一版　2019年8月第一次印刷
书　　号：ISBN 978-7-5133-3614-7
定　　价：78.00元

版权专有，侵权必究；如有质量问题，请与印刷厂联系调换。